Cuentos de amor

Título: Cuentos de amor
Autora: Emilia Pardo Bazán
Editorial: Plaza Editorial, Inc.
email: plazaeditorial@email.com
© Plaza Editorial, Inc.

ISBN-13: 978-1517368425
ISBN-10: 1517368421

PLAZA

P

EDITORIAL

www.plazaeditorial.com
Made in USA, 2015

Cuentos de amor

Emilia Pardo Bazán

ÍNDICE

El amor asesinado

Nunca podrá decirse que la infeliz Eva omitió ningún medio lícito de zafarse de aquel tunantuelo de Amor, que la perseguía sin dejarle punto de reposo.

Empezó poniendo tierra en medio, viajando para romper el hechizo que sujeta al alma a los lugares donde por primera vez se nos aparece el Amor. Precaución inútil, tiempo perdido; pues el pícaro rapaz se subió a la zaga del coche, se agazapó bajo los asientos del tren, más adelante se deslizó en el saquillo de mano, y por último en los bolsillos de la viajera. En cada punto donde Eva se detenía, sacaba el Amor su cabecita maliciosa y le decía con sonrisa picaresca y confidencial: "No me separo de ti. Vamos juntos."

Entonces Eva, que no se dormía, mandó construir altísima torre bien resguardada con cubos, bastiones, fosos y contrafosos, defendida por guardias veteranos, y con rastrillos y macizas puertas chapeadas y claveteadas de hierro, cerradas día y noche. Pero al abrir la ventana, un anochecer que se asomó agobiada de tedio a mirar el campo y a gozar la apacible y melancólica luz de la luna saliente, el rapaz se coló en la estancia; y si bien le expulsó de ella y colocó rejas dobles, con agudos pinchos, y se encarceló voluntariamente, sólo consiguió Eva que el amor entrase por las hendiduras de la pared, por los canalones del tejado o por el agujero de la llave.

Furiosa, hizo tomar las grietas y calafatear los intersticios, creyéndose a salvo de atrevimientos y demasías; mas no contaba con lo ducho que es en tretas y picardihuelas el Amor. El muy maldito se disolvió en los átomos del aire, y envuelto en ellos se le metió en boca y pulmones, de modo que Eva se pasó el día respirándole, exaltada, loca, con una fiebre muy semejante a la que causa la atmósfera sobresaturada de oxígeno.

Ya fuera de tino, desesperando de poder tener a raya al malvado Amor, Eva comenzó a pensar en la manera de librarse de él definitivamente, a toda costa, sin reparar en medios ni detenerse en escrúpulos. Entre el Amor y Eva, la lucha era a muerte, y no importaba el cómo se vencía, sino sólo obtener la victoria.

Eva se conocía bien, no porque fuese muy reflexiva, sino porque poseía instinto sagaz y certero; y conociéndose, sabía que era capaz de engatusar con maulas y zalamerías al mismo diablo, que no al Amor, de suyo inflamable y fácil de seducir. Propúsose, pues, chasquear al Amor, y desembarazarse de él sobre seguro y traicioneramente, asesinándole.

Preparó sus redes y anzuelos, y poniendo en ellos cebo de flores y de miel dulcísima, atrajo al Amor haciéndole graciosos guiños y dirigiéndole sonrisas de embriagadora ternura y palabras entre graves y mimosas, en voz velada por la emoción, de notas más melodiosas que las del agua cuando se destrenza sobre guijas o cae suspirando en morisca fuente.

El Amor acudió volando, alegre, gentil, feliz, aturdido y confiado como niño, impetuoso y engreído como mancebo, plácido y sereno como varón vigoroso.

Eva le acogió en su regazo; acariciole con felina blandura; sirviole golosinas; le arrulló para que se adormeciese tranquilo, y así que le vio calmarse recostando en su pecho la cabeza, se preparó a estrangularle, apretándole la garganta con rabia y brío.

Un sentimiento de pena y lástima la contuvo, sin embargo, breves instantes. ¡Estaba tan lindo, tan divinamente hermoso el condenado Amor aquel! Sobre sus mejillas de nácar, palidecidas por la felicidad, caía una lluvia de rizos de oro, finos como las mismas hebras de la luz; y de su boca purpúrea, risueña aún, de entre la doble sarta de piñones mondados de sus dientes, salía un soplo aromático, igual y puro. Sus azules pupilas, entreabiertas, húmedas, conservaban la languidez dichosa de los últimos instantes; y plegadas sobre su cuerpo de helénicas proporciones, sus alas color de rosa parecían pétalos arrancados. Eva notó ganas de llorar...

No había remedio; tenía que asesinarle si quería vivir digna, respetada, libre...., no cerrando los ojos por no ver al muchacho, apretó las manos enérgicamente, largo, largo tiempo, horrorizada del estertor que oía, del quejido sordo y lúgubre exhalado por el Amor agonizante.

Al fin, Eva soltó a la víctima y la contempló... El Amor ni respiraba ni se rebullía; estaba muerto, tan muerto como mi abuela.

Al punto mismo que se cercioraba de esto, la criminal percibió un dolor terrible, extraño, inexplicable, algo como una ola de sangre que ascendía a su cerebro, y como un aro de hierro que oprimía gradualmente su pecho, asfixiándola. Comprendió lo que sucedía...

El Amor a quien creía tener en brazos, estaba más adentro, en su mismo corazón, y Eva, al asesinarle, se había suicidado.

El viajero

Fría, glacial era la noche. El viento silbaba medroso y airado, la lluvia caía tenaz, ya en ráfagas, ya en fuertes chaparrones; y las dos o tres veces que Marta se había atrevido a acercarse a su ventana por ver si aplacaba la tempestad, la deslumbró la cárdena luz de un relámpago y la horrorizó el rimbombar del trueno, tan encima de su cabeza, que parecía echar abajo la casa.

Al punto en que con más furia se desencadenaban los elementos, oyó Marta distintamente que llamaban a su puerta, y percibió un acento plañidero y apremiante que la instaba a abrir. Sin duda que la prudencia aconsejaba a Marta desoírlo, pues en noche tan espantosa, cuando ningún vecino honrado se atreve a echarse a la calle, sólo los malhechores y los perdidos libertinos son capaces de arrostrar viento y lluvia en busca de aventuras y presa. Marta debió de haber reflexionado que el que posee un hogar, fuego en él, y a su lado una madre, una hermana, una esposa que le consuele, no sale en el mes de enero y con una tormenta desatada, ni llama a puertas ajenas, ni turba la tranquilidad de las doncellas honestas y recogidas. Mas la reflexión, persona dignísima y muy señora mía, tiene el maldito vicio de llegar retrasada, por lo cual sólo sirve para amargar gustos y adobar remordimientos. La reflexión de Marta se había quedado zaguera, según costumbre, y el impulso de la piedad, el primero que salta en el corazón de la mujer, hizo que la doncella, al través del postigo, preguntase compadecida:

– ¿Quién llama?

Voz de tenor dulce y vibrante respondió en tono persuasivo:

– Un viajero.

Y la bienaventurada de Marta, sin meterse en más averiguaciones, quitó la tranca, descorrió el cerrojo y dio vuelta a la llave, movida por el encanto de aquella voz tan vibrante y tan dulce.

Entró el viajero, saludando cortésmente; y sacudiendo con gentil desembarazo el chambergo, cuyas plumas goteaban, y desembozándose la capa, empapada por la lluvia, agradeció la hospitalidad y tomó asiento cerca de la lumbre, bien encendida por Marta. Esta apenas se atrevía a mirarle, porque en aquel punto la consabida tardía reflexión empezaba a hacer de las suyas, y Marta comprendía que dar asilo al primero que llama es ligereza notoria. Con todo, aun sin decidirse a levantar los ojos, vio de soslayo que su huésped era mozo y de buen talle, descolorido, rubio, cara linda y triste, aire de señor, acostumbrado al mando y a ocupar alto puesto. Sintiose Marta encogida y llena de confusión, aunque el viajero se mostraba reconocido y le decía cosas halagüeñas, que por el hechizo de la voz lo parecían más; y a fin de disimular su turbación, se dio prisa a servir la cena y ofrecer al viajero el mejor cuarto de la casa, donde se recogiese a dormir.

Asustada de su propia indiscreta conducta, Marta no pudo conciliar el sueño en toda la noche, esperando con impaciencia que rayase el alba para que se ausentase el huésped. Y sucedió que éste, cuando bajó, ya descansado y sonriente, a tomar el desayuno, nada habló de marcharse, ni tampoco a la hora de comer, ni menos por la tarde; y Marta, entretenida y embelesada con su labia y sus paliques, no tuvo valor para decirle que ella no era mesonera de oficio.

Corrieron semanas, pasaron meses, y en casa de Marta no había más dueño ni más amo que aquel viajero a quien en una noche tempestuosa tuvo la imprevisión de acoger. Él mandaba, y Marta obedecía, sumisa, muda, veloz como el pensamiento.

No creáis por eso que Marta era propiamente feliz. Al contrario, vivía en continua zozobra y pena. He calificado de amo al viajero, y tirano debí llamarle, pues sus caprichos despóticos y su inconstante humor traían a Marta medio loca. Al principio, el viajero parecía obediente, afectuoso, zalamero, humilde; pero fue creciéndose y tomando fueros, hasta no haber quien le soportase. Lo peor de todo era que nunca podía Marta adivinarle el deseo ni precaverle la desazón: sin motivo ni causa, cuando menos debía temerse o esperarse, estaba frenético o contentísimo, pasando, en menos que se dice, del enojo al halago y de la risa a la rabia. Padecía arrebatos de furor y berrinches injustos e insensatos, que a los dos minutos se convertían en transportes de cariño y en placideces angelicales; ya se emperraba como un chico, ya se desesperaba como un hombre; ya hartaba a Marta de improperios, ya le prodigaba los nombres más dulces y las ternezas más rendidas.

Sus extravagancias eran a veces tan insufribles, que Marta, con los nervios de punta, el alma de través y el corazón a dos dedos de la boca, maldecía el fatal momento en que dio acogida a su terrible huésped. Lo malo es que cuando justamente Marta, apurada la paciencia, iba a saltar y a sacudir el yugo, no parece sino que él lo adivinaba, y pedía perdón con una sinceridad y una gracia de chiquillo, por lo cual Marta no sólo olvidaba instantáneamente sus agravios, sino que, por el exquisito goce de perdonar, sufriría tres veces las pasadas desazones.

¡Que en olvido las tenía puestas... cuando el huésped, a medias palabras y con precauciones y rodeos, anunció que "ya" había llegado la ocasión de su partida! Marta se quedó de mármol, y las lágrimas lentas que le arrancó la desesperación cayeron sobre las manos del viajero, que sonreía tristemente y murmuraba en voz baja frasecitas consoladoras, promesas de escribir, de volver, de recordar. Y como Marta, en su amargura, balbucía reproches, el huésped, con aquella voz de tenor dulce y vibrante, alegó por vía de disculpa:

– Bien te dije, niña que soy un viajero. Me detengo, pero no me estaciono; me poso, no me fijo.

Y habéis de saber que sólo al oír esta declaración franca, sólo al sentir que se desgarraban las fibras más íntimas de su ser, conoció la inocentona de Marta que aquel fatal viajero era el Amor, y que había abierto la puerta, sin pensarlo, al dictador cruelísimo del orbe.

Sin hacer caso del llanto de Marta (¡para atender a lagrimitas está él!), sin cuidarse del rastro de pena inextinguible que dejaba en pos de sí, el Amor se fue, embozado en su capa, ladeado el chambergo - cuyas plumas, secas ya, se rizaban y flotaban al viento bizarramente - en busca de nuevos horizontes, a llamar a otras puertas mejor trancadas y defendidas. Y Marta quedó tranquila, dueña de su hogar, libre de sustos, de temores, de alarmas, y entregada a la compañía de la grave y excelente reflexión, que tan bien aconseja, aunque un poquillo tarde. No sabemos lo que habrán platicado; sólo tenemos noticias ciertas de que las noches de tempestad furiosa, cuando el viento silba y la lluvia se estrella contra los vidrios, Marta, apoyando la mano sobre su corazón, que le duele a fuerza de latir apresurado, no cesa de prestar oído, por si llama a la puerta el huésped.

El corazón perdido

Yendo una tardecita de paseo por las calles de la ciudad, vi en el suelo un objeto rojo; me bajé: era un sangriento y vivo corazón que recogí cuidadosamente. "Debe de habérsele perdido a alguna mujer", pensé al observar la blancura y delicadeza de la tierna víscera, que, al contacto de mis dedos, palpitaba como si estuviese dentro del pecho de su dueño. Lo envolví con esmero dentro de un blanco paño, lo abrigué, lo escondí bajo mi ropa, y me dediqué a averiguar quién era la mujer que había perdido el corazón en la calle. Para indagar mejor, adquirí unos maravillosos anteojos que permitían ver, al través del corpiño, de la ropa interior, de la carne y de las costillas – como por esos relicarios que son el busto de una santa y tienen en el pecho una ventanita de cristal –, el lugar que ocupa el corazón.

A penas me hube calado mis anteojos mágicos, miré ansiosamente a la primera mujer que pasaba, y ¡oh asombro!, la mujer no tenía corazón. Ella debía de ser, sin duda, la propietaria de mi hallazgo. Lo raro fue que, al decirle yo cómo había encontrado su corazón y lo conservaba a sus órdenes de si gustaba recogerlo, la mujer, indignada, juró y perjuró que no había perdido cosa alguna; que su corazón estaba donde solía y que lo sentía perfectamente pulsar, recibir y expeler la sangre. En vista de la terquedad de la mujer, la dejé y me volví hacia otra, joven, linda, seductora, alegre. ¡Dios santo! En su blanco pecho vi la misma oquedad, el mismo agujero rosado, sin nada allá dentro, nada, nada. ¡Tampoco ésta tenía corazón! Y cuando le ofrecí respetuosamente el que yo llevaba guardadito, menos aún lo quiso admitir, alegando que era ofenderla de un modo grave suponer que, o le faltaba el corazón, o era tan descuidada que había podido perderlo así en la vía pública sin que lo advirtiese.

Y pasaron centenares de mujeres, viejas y mozas, lindas y feas, morenas y pelirrubias, melancólicas y vivarachas; y a todas les eché los anteojos, y en todas noté que del corazón sólo tenían el sitio, pero que el órgano, o no había existido nunca, o se había perdido tiempo atrás. Y todas, todas sin excepción alguna, al querer yo devolverles el corazón de que carecían, negábanse a aceptarlo, ya porque creían tenerlo, ya porque sin él se encontraban divinamente, ya porque se juzgaban injuriadas por la oferta, ya porque no se atrevían a arrostrar el peligro de poseer un corazón. Iba desesperando de restituir a un pecho de mujer el pobre corazón abandonado, cuando, por casualidad, con ayuda de mis prodigiosos lentes, acerté a ver que pasaba por la calle una niña pálida, y en su pecho, ¡por fin!, distinguí un corazón, un verdadero corazón de carne, que saltaba, latía y sentía. No sé por qué - pues reconozco que era un absurdo brindar corazón a quien lo tenía tan vivo y tan despierto - se me ocurrió hacer la prueba de presentarle el que habían desechado todas, y he aquí que la niña, en vez de rechazarme como las demás, abrió el seno y recibió el corazón que yo, en mi fatiga, iba a dejar otra vez caído sobre los guijarros.

Enriquecida con dos corazones, la niña pálida se puso mucho más pálida aún: las emociones, por insignificantes que fuesen, la estremecían hasta la médula; los afectos vibraban en ella con cruel intensidad; la amistad, la compasión, la tristeza, la alegría, el amor, los celos, todo era en ella profundo y terrible; y la muy necia, en vez de resolverse a suprimir uno de sus dos corazones, o los dos a un tiempo, diríase que se complacía en vivir doble vida espiritual, queriendo, gozando y sufriendo por duplicado, sumando impresiones de esas que bastan para extinguir la vida. La criatura era como vela encendida por los dos cabos, que se consume en breves instantes. Y, en efecto, se consumió. Tendida en su lecho de muerte, lívida y tan demacrada y delgada que parecía un pajarillo, vinieron los médicos y aseguraron que lo que la arrebataba de este mundo era la rotura de un aneurisma. Ninguno (¡son tan torpes!) supo adivinar la verdad: ninguno comprendió que la niña se había muerto por cometer la imprudencia de dar asilo en su pecho a un corazón perdido en la calle.

Mi suicidio

A Campoamor

Muerta "ella"; tendida, inerte, en el horrible ataúd de barnizada caoba que aún me parecía ver con sus doradas molduras de antipático brillo, ¿qué me restaba en el mundo ya? En ella cifraba yo mi luz, mi regocijo, mi ilusión, mi delicia toda..., y desaparecer así, de súbito, arrebatada en la flor de su juventud y de su seductora belleza, era tanto como decirme con melodiosa voz, la voz mágica, la voz que vibraba en mi interior produciendo acordes divinos: "Pues me amas, sígueme."

¡Seguirla! Sí; era la única resolución digna de mi cariño, a la altura de mi dolor, y el remedio para el eterno abandono a que me condenaba la adorada criatura huyendo a lejanas regiones.

Seguirla, reunirme con ella, sorprenderla en la otra orilla del río fúnebre... y estrecharla delirante, exclamando: "Aquí estoy. ¿Creías que viviría sin ti? Mira cómo he sabido buscarte y encontrarte y evitar que de hoy más nos separe poder alguno de la tierra ni del cielo."

Determinado a realizar mi propósito, quise verificarlo en aquel mismo aposento donde se deslizaron insensiblemente tantas horas de ventura, medidas por el suave ritmo de nuestros corazones... Al entrar olvidé la desgracia, y pareciome que "ella", viva y sonriente, acudía como otras veces a mi encuentro, levantando la cortina para verme más pronto, y dejando irradiar en sus pupilas la bienvenida, y en sus mejillas el arrebol de la felicidad.

Allí estaba el amplio sofá donde nos sentábamos tan juntos como si fuese estrechísimo; allí la chimenea hacia cuya llama tendía los piececitos, y a la cual yo, envidioso, los disputaba abrigándolos con mis manos, donde cabían holgadamente; allí la butaca donde se aislaba, en los cortos instantes de enfado pueril que duplicaban el precio de las reconciliaciones; allí la gorgona de irisado vidrio de Salviati, con las últimas flores, ya secas y pálidas, que su mano había dispuesto artísticamente para festejar mi presencia... Y allí, por último, como maravillosa resurrección del pasado, inmortalizando su adorable forma, ella, ella misma... es decir, su retrato, su gran retrato de cuerpo entero, obra maestra de célebre artista, que la representaba sentada, vistiendo uno de mis trajes preferidos, la sencilla y airosa funda de blanca seda que la envolvía en una nube de espuma. Y era su actitud familiar, y eran sus ojos verdes y lumínicos que me fascinaban, y era su boca entreabierta, como para exclamar, entre halago y represión, el "¡qué tarde vienes!" de la impaciencia cariñosa; y eran sus brazos redondos, que se ceñían a mi cuello como la ola al tronco del náufrago, y era, en suma, el fidelísimo trasunto de los rasgos y colores, al través de los cuales me había cautivado un alma; imagen encantadora que significaba para mí lo mejor de la existencia... Allí, ante todo cuanto me hablaba de ella y me recordaba nuestra unión; allí, al pie del querido retrato, arrodillándome en el sofá, debía yo apretar el gatillo de la pistola inglesa de dos cañones - que lleva en su seno el remedio de todos los males y el pasaje para arribar al puerto donde "ella" me aguardaba... -. Así no se borraría de mis ojos ni un segundo su efigie: los cerraría mirándola, y volvería a abrirlos, viéndola no ya en pintura, sino en espíritu...

La tarde caía; y como deseaba contemplar a mi sabor el retrato, al apoyar en la sien el cañón de la pistola, encendí la lámpara y todas las bujías de los candelabros. Uno de tres brazos había sobre el *secrétaire* de palo de rosa con incrustaciones, y al acercar al pábilo el fósforo, se me ocurrió que allí dentro estarían mis cartas, mi retrato, los recuerdos de nuestra dilatada e íntima historia. Un vivaz deseo de releer aquellas páginas me impulsó a abrir el mueble.

Es de advertir que yo no poseía cartas de ella: las que recibía devolvíalas una vez leídas, por precaución, por respeto, por caballerosidad. Pensé que acaso ella no había tenido valor para destruirlas, y que de los cajoncitos del secrétaire volvería a alzarse su voz insinuante y adorada, repitiendo las dulces frases que no habían tenido tiempo de grabarse en mi memoria. No vacilé - ¿vacila el que va a morir? - en descerrajar con violencia el primoroso mueblecillo. Saltó en astillas la cubierta y metí la mano febrilmente en los cajoncitos, revolviéndolos ansioso.

Sólo en uno había cartas. Los demás los llenaban cintas, joyas, dijecillos, abanicos y pañuelos perfumados. El paquete, envuelto en un trozo de rica seda brochada, lo tomé muy despacio, lo palpé como se palpa la cabeza del ser querido antes de depositar en ella un beso, y acercándome a la luz, me dispuse a leer. Era letra de ella: eran sus queridas cartas. Y mi corazón agradecía a la muerta el delicado refinamiento de haberlas guardado allí, como testimonio de su pasión, como codicilo en que me legaba su ternura.

Desaté, desdoblé, empecé a deletrear... Al pronto creía recordar las candentes frases, las apasionadas protestas y hasta las alusiones a detalles íntimos, de esos que sólo pueden conocer dos personas en el mundo. Sin embargo, a la segunda carilla un indefinible malestar, un terror vago, cruzaron por mi imaginación como cruza la bala por el aire antes de herir. Rechacé la idea; la maldije; pero volvió, volvió..., y volvió apoyada en los párrafos de la carilla tercera, donde ya hormigueaban rasgos y pormenores imposibles de referir a mi persona y a la historia de mi amor... A la cuarta carilla, ni sombra de duda pudo quedarme: la carta se había escrito a otro, y recordaba otros días, otras horas, otros sucesos, para mí desconocidos...

Repasé el resto del paquete; recorrí las cartas una por una, pues todavía la esperanza terca me convidaba a asirme de un clavo ardiendo... Quizá las demás cartas eran las mías, y sólo aquélla se había deslizado en el grupo, como aislado memento de una historia vieja y relegada al olvido...

Pero al examinar los papeles, al descifrar, frotándome los ojos, un párrafo aquí y otro acullá, hube de convencerme: ninguna de las epístolas que contenía el paquete había sido dirigida a mí... Las que yo recibí y restituí con religiosidad, probablemente se encontraban incorporadas a la ceniza de la chimenea; y las que, como un tesoro, "ella" había conservado siempre, en el oculto rincón del secrétaire, en el aposento testigo de nuestra ventura..., señalaban, tan exactamente como la brújula señala al Norte, la dirección verdadera del corazón que yo juzgara orientado hacia el mío... ¡Más dolor, más infamia! De los terribles párrafos, de las páginas surcadas por rengloncitos de una letra que yo hubiese reconocido entre todas las del mundo, saqué en limpio que "tal vez"... al "mismo tiempo"... o "muy poco antes"... Y una voz irónica gritábame al oído: "¡Ahora sí... ahora sí que debes suicidarte, desdichado!"

Lágrimas de rabia escaldaron mis pupilas; me coloqué, según había resuelto, frente al retrato; empuñé la pistola, alcé el cañón... y, apuntando fríamente, sin prisa, sin que me temblase el pulso... con los dos tiros... reventé los dos verdes y lumínicos ojos que me fascinaban.

La última ilusión de Don Juan

as gentes superficiales, que nunca se han tomado el trabajo de observar al microscopio la complicada mecánica del corazón, suponen buenamente que a Don Juan, el precoz libertino, el burlador sempiterno, le bastan para su satisfacción los sentidos y, a lo sumo, la fantasía, y que no necesita ni gasta el inútil lujo del sentimiento, ni abre nunca el dorado ajimez donde se asoma el espíritu para mirar al cielo cuando el peso de la tierra le oprime. Y yo os digo, en verdad, que esas gentes superficiales se equivocan de medio a medio, y son injustas con el pobre Don Juan, a quien sólo hemos comprendido los poetas, los que tenemos el alma inundada de caridad y somos perspicaces... cabalmente porque, cándidos en apariencia, creemos en muchas cosas.

A fin de poner la verdad en su punto, os contaré la historia de cómo alimentó y sostuvo Don Juan su última ilusión..., y cómo vino a perderla.

Entre la numerosa parentela de Don Juan - que, dicho sea de paso, es hidalgo como el rey - se cuentan unas primitas provincianas muy celebradas de hermosas. La más joven, Estrella, se distinguía de sus hermanas por la dulzura del carácter, la exaltación de la virtud y el fervor de la religiosidad, por lo cual en su casa la llamaban la Beatita. Su rostro angelical no desmentía las cualidades del alma: parecíase a una Virgen de Murillo, de las que respiran honestidad y pureza (porque algunas, como la morena "de la servilleta", llamada Refitolera, sólo respiran juventud y vigor). Siempre que el humor vagabundo de Don Juan le impulsaba a darse una vuelta por la región donde vivían sus primas, iba a verlas, frecuentaba su trato y pasaba con Estrella pláticas interminables. Si me preguntáis qué imán atraía al perdido hacia la santa, y más aún a la santa hacia el perdido, os diré que era quizás el mismo contraste de sus temperamentos... y después de esta explicación nos quedaremos tan enterados como antes.

Lo cierto es que mientras Don Juan galanteaba por sistema a todas las mujeres, con Estrella hablaba en serio, sin permitirse la más mínima insinuación atrevida; y que mientras Estrella rehuía el trato de todos los hombres, veníase a la mano de Don Juan como la mansa paloma, confiada, segura de no mancharse el plumaje blanco. Las conversaciones de los primos podía oírlas el mundo entero; después de horas de charla inofensiva, reposada y dulce, levantábanse tan dueños de sí mismos, tan tranquilos, tan venturosos, y Estrella volaba a la cocina o a la despensa a preparar con esmero algún plato de los que sabía que agradaban a Don Juan. Saboreaba éste, más que las golosinas, el mimo con que se las presentaban, y la frescura de su sangre y la anestesia de sus sentidos le hacían bien, como un refrigerante baño al que caminó largo tiempo por abrasados arenales.

Cuando Don Juan levantaba el vuelo, yéndose a las grandes ciudades en que la vida es fiebre y locura, Estrella le escribía difusas cartas, y él contestaba en pocos renglones, pero siempre. Al retirarse a su casa, al amanecer, tambaleándose, aturdido por la bacanal o vibrantes aún sus nervios de las violentas emociones de la profana cita; al encerrarse para mascar, entre risa irónica, la hiel de un desengaño - porque también Don Juan los cosecha - ; al prepararse al lance de honor templando la voluntad para arrostrar impávido la muerte; al reír; al blasfemar, al derrochar su mocedad y su salud cual pródigo insensato de los mejores bienes que nos ofrece el Cielo, Don Juan reservaba y apartaba, como se aparta el dinero para una ofrenda a Nuestra Señora, diez minutos que dedicar a Estrella. En su ambición de cariño, aquella casta consagración de un ser tan delicado y noble representaba el sorbo de agua que se bebe en medio del combate y restituye al combatiente fuerzas para seguir lidiando. Traiciones, falsías, perfidias y vilezas de otras mujeres podían llevarse en paciencia, mientras en un rincón del mundo alentase el leal afecto de Estrella la Beatita. A cada carta ingenua y encantadora que recibía Don Juan, soñaba el mismo sueño; se veía caminando difícilmente por entre tinieblas muy densas, muy frías, casi palpables, que rasgaban por intervalos la luz sulfurosa del relámpago y el culebreo del rayo, pero allá lejos, muy lejos, donde ya el cielo se esclarecía un poco, divisaba Don Juan blanca figura velada, una mujer con los ojos bajos, sosteniendo en la diestra una lamparita encendida y protegiéndola con la izquierda. Aquella luz no se apagaba jamás.

En efecto, corrían años, Don Juan se precipitaba despeñado, por la pendiente de su delirio, y las cartas continuaban con regularidad inalterable, impregnadas de igual ternura latente y serena. Eran tan gratas a Don Juan estas cartas, que había determinado no volver a ver a su prima nunca, temeroso de encontrarla desmejorada y cambiada por el tiempo, y no tener luego ilusión bastante para sostener la correspondencia. A toda costa deseaba eternizar su ensueño, ver siempre a Estrella con rostro murillesco, de santita virgen de veinte años. Las epístolas de Don Juan, a la verdad, expresaban vivo deseo de hacer a su prima una visita, de renovar la charla sabrosa; pero como nadie le impedía a Don Juan realizar este propósito, hay que creer, pues no lo realizaba, que la gana no debía de apretarle mucho.

Eran pasados dos lustros, cuando un día recibió Don Juan, en vez del ancho pliego acostumbrado, escrito por las cuatro carillas y cruzado después, una esquelita sin cruzar, grave y reservada en su estilo, y en que hasta la letra carecía del abandono que imprime la efusión del espíritu guiando la mano y haciéndola acariciar, por decirlo así, el papel. ¡Oh mujer, oh agua corriente, oh llama fugaz, oh soplo de aire! Estrella pedía a don Juan que ni se sorprendiese ni se enojase, y le confesaba que iba a casarse muy pronto... Se había presentado un novio a pedir de boca, un caballero excelente, rico, honrado, a quien el padre de Estrella debía atenciones sin cuento; y los consejos y exhortaciones de "todos" habían decidido a la santita, que esperaba, con la ayuda de Dios, ser dichosa en su nuevo estado y ganar el cielo.

Quedó Don Juan absorto breves instantes; luego arrugó el papel y lo lanzó con desprecio a la encendida chimenea. ¡Pensar que si alguien le hubiese dicho dos horas antes que podía casarse Estrella, al tal le hubiese tratado de bellaco calumniador! ¡Y se lo participaba ella misma, sin rubor, como el que cuenta la cosa más natural y lícita del mundo!

Desde aquel día, Don Juan, el alegre libertino, ha perdido su última ilusión; su alma va peregrinando entre sombras, sin ver jamás el resplandorcito de la lámpara suave que una virgen protege con la mano; y el que aún tenía algo de hombre, es sólo fiera, con dientes para morder y garras para destrozar sin misericordia. Su profesión de fe es una carcajada cínica; su amor, un latigazo que quema y arranca la piel haciendo brotar la sangre.

Me diréis que la santita tenía derecho a buscar felicidades reales y goces siempre más puros que los que libaba sin tregua su desenfrenado ídolo. Y acaso diréis muy bien, según el vulgar sentido común y la enana razoncilla práctica. ¡Que esa enteca razón os aproveche! En el sentir de los poetas, menos malo es ser galeote del vicio que desertor del ideal. La santita pecó contra la poesía y contra los sueños divinos del amor irrealizable. Don Juan, creyendo en su abnegación eterna, era, de los dos, el verdadero soñador.

Desquite

Trifón Liliosa nació raquítico y contrahecho, y tuvo la mala ventura de no morirse en la niñez. Con los años creció más que su cuerpo su fealdad, y se desarrolló su imaginación combustible, su exaltado amor propio y su nervioso temperamento de artista y de ambicioso. A los quince, Trifón, huérfano de madre desde la cuna, no había escuchado una palabra cariñosa; en cambio, había aguantado innumerables torniscones, sufrido continuas burlas y desprecios y recibido el apodo de Fenómeno; a los diecisiete se escapaba de su casa y, aprovechando lo poco que sabía de música, se contrataba en una murga, en una orquesta después. Sus rápidos adelantos le entreabrieron el paraíso: esperó llegar a ser un compositor genial, un Weber, un Listz. Adivinaba en toda su plenitud la magnificencia de la gloria, y ya se veía festejado, aplaudido, olvidaba su deformidad, disimulada y cubierta por un haz de balsámicos laureles. La edad viril – ¿pueden llamarse así a los treinta años de un escuerzo? – disipó estas quimeras de la juventud. Trifón Liliosa hubo de convencerse de que era uno de los muchos llamados y no escogidos; de los que ven tan cercana la tierra de promisión, pero no llegan nunca a pisar sus floridos valles. La pérdida de ilusiones tales deja el alma muy negra, muy ulcerada, muy venenosa. Cuando Trifón se resignó a no pasar nunca de maestro de música a domicilio, tuvo un ataque de ictericia tan cruel, que la bilis le rebosaba hasta por los amarillentos ojos.

Lecciones le salían a docenas no sólo porque era, en realidad, un excelente profesor, sino porque tranquilizaba a los padres su ridícula facha y su corcova. ¿Qué señorita, ni la más impresionable, iba a correr peligro con aquel macaco, cuyo talle era un jarrón; cuyas manos, desproporcionadas, parecían, al vagar sobre las teclas, arañas pálidas a medio despachurrar? Y se lo espetó en su misma cara, sin reparo alguno, al llamarle para enseñar a su hija canto y piano, la madre de la linda María Vega. Sólo a un sujeto "así como él" le permitiría acercarse a niña tan candorosa y tan sentimental. ¡Mientras mayor inocencia en las criaturas, más prudencia y precaución en las madres!

Con todo, no era prudente, y menos aún delicada y caritativa la franqueza de la señora. Nadie debe ser la gota de agua que hace desbordar el vaso de amargura, y por muy convencido que esté de su miseria el miserable, recia cosa es arrojársela al rostro. Pensó, sin duda, la inconsiderada señora que Trifón, habiéndose mirado al espejo, sabría de sobra que era un monstruo; y, ciertamente, Trifón, se había mirado y conocía su triste catadura; y así y todo, le hirió, como hiere el insulto cobarde, la frase que le excluía del número de los hombres; y aquella noche misma, revolviéndose en su frío lecho, mordiendo de rabia las sábanas, decidió entre sí: "Ésta pagará por todas; ésta será mi desquite. ¡La necia de la madre, que sólo ha mirado mi cuerpo, no sabe que con el espíritu se puede seducir a las mujeres que tienen espíritu también!".

Al día siguiente empezaron las lecciones de María, que era, en efecto, una niña celestial, fina y lánguida como una rosa blanca, de esas que para marchitarlas basta un soplo de aire. Acostumbrado Trifón a que sus discípulas sofocasen la carcajada cuando le veían por primera vez, notó que María, al contrario, le miraba con lástima infinita, y la piedad de la niña, en vez de conmoverle, ahincó su resolución implacable. Bien fácil le fue observar que la nueva discípula poseía un alma delicada, una exquisita sensibilidad y la música producía en ella impresión profunda, humedeciéndose sus azules ojos en las páginas melancólicas, mientras las melodías apasionadas apresuraban su aliento. La soledad y retiro en que vivía hasta que se vistiese de largo y recogiese en abultado moño su hermosa mata de pelo de un rubio de miel, la hacían más propensa a exaltarse y a soñar. Por experiencia conocía Trifón esta manera de ser y cuánto predispone a la credulidad y a las aspiraciones novelescas. Cautivamente, a modo de criminal reflexivo que prepara el atentado, observaba los hábitos de María, las horas a que bajaba al jardín, los sitios donde prefería sentarse, los tiestos que cuidaba ella sola; y prolongando la lección sin extrañeza ni recelo de los padres, eligiendo la música más perturbadora, cultivaba el ensueño enfermizo a que iba a entregarse María.

Dos o tres meses hacía que la niña estudiaba música, cuando una mañana, al pie de cierta maceta que regaba diariamente, encontró un billetito doblado. Sorprendida, abrió y leyó. Más que declaración amorosa, era suave preludio de ella, no tenía firma, y el autor anunciaba que no quería ser conocido, ni pedía respuesta alguna: se contentaba con expresar sus sentimientos, muy apacibles y de una pureza ideal. María, pensativa, rompió el billete; pero al otro día, al regar la maceta, su corazón quería salirse del pecho y temblaba su mano, salpicando de menudas gotas de agua su traje. Corrida una semana, nuevo billete - tierno, dulce, poético, devoto - ; pasada otra más, dos pliegos rendidos, pero ya insinuantes y abrasadores. La niña no se apartaba del jardín, y a cada ruido del viento en las hojas pensaba ver aparecerse al desconocido, bizarro galán, diciendo de perlas lo que de oro escribía. Mas el autor de los billetes no se mostraba, y los billetes continuaban, elocuentes, incendiarios, colocados allí por invisible mano, solicitando respuestas y esperanzas. Después de no pocas vacilaciones, y con harta vergüenza, acabó la niña por trazar unos renglones que depositó en la maceta, besándola; y eran la ingenua confesión de su amor virginal. Varió entonces el tono de las cartas: de respetuosas se hicieron arrogantes y triunfales; parecían un himno; pero el incógnito no quería presentarse; temía perder lo conquistado. "¿A qué ver la envoltura física de un alma? ¿Qué importaba el barro grosero en que se agitaba un corazón?" Y María, entregado ya completamente el albedrío a su enamorado misterioso, ansiaba contemplarle, comerle con los ojos, segura de que sería un dechado de perfecciones, el ser más bello de cuantos pisan la tierra. Ni cabía menos en quien de tan expresiva manera y con tal calor se explicaba, que María, sólo con releer los billetes, se sentía morir de turbación y gozo. Por fin, después de muchas y muy regaladas ternezas que se cruzaron entre el invisible y la reclusa, María recibió una epístola que decía en sustancia: "Quiero que vengas a mí"; y después de una noche de desvelo, zozobra, llanto y remordimiento, la niña ponía en la maceta la contestación terrible: "Iré cuándo y cómo quieras."

¡Oh! ¡Que temblor de alegría maldita asaltó a Trifón, el monstruo, el ridículo Fenómeno, al punto en que dentro de carruaje sin faroles donde la esperaba, recibió a María con los brazos! La completa oscuridad de la noche - escogida, de boca de lobo - no permitía a la pobre enamorada ni entrever siquiera las facciones del seductor... Pero balbuciente, desfallecida, con explosión de cariño sublime, entre aquellas tinieblas, María pronunció bajo, al oído del ser deforme y contrahecho, las palabras que éste no había escuchado nunca, las rotas frases divinas que arranca a la mujer de lo más secreto de su pecho la vencedora pasión..., y una gota de humedad deliciosa, refrigerante como el manantial que surte bajo las palmeras y refresca la arena del Sahara, mojó la mejilla demacrada del corcovado... El efecto de aquellas palabras, de aquella sagrada lágrima infantil, fue que Trifón, sacando la cabeza por la ventanilla, dio en voz ronca una orden, y el coche retrocedió, y pocos minutos después María, atónita, volvía a entrar en su domicilio por la misma puerta del jardín que había favorecido la fuga.

Gran sorpresa la de los padres de María cuando se enteraron de que Trifón no quería dar más lecciones en aquella casa; pero mayor la incredulidad de los contados amigos que Trifón posee cuando le oyen decir alguna vez, torvo, suspirando y agachando la cabeza:

—También a mí me ha querido, ¡y mucho!, ¡y desinteresadamente!, una mujer preciosa...

El dominó verde

Increíble me pareció que me dejase en paz aquella mujer, que ya no intentase verme, que no me escribiese carta sobre carta, que no apelase a todos los medios imaginables para acercarse a mí. Al romper la cadena de su agobiador cariño, respiré cual si me hubiese quitado de encima un odio jurado y mortal.

Quien no haya estudiado las complicaciones de nuestro espíritu, tendrá por inverosímil que tanto deseemos desatar lazos que nadie nos obligó a atar, y hasta deplorará que mientras las fieras y los animales brutos agradecen a su modo el apego que se les demuestra, el hombre, más duro e insensible, se irrite porque le halagan, y aborrezca, a veces, a la mujer que le brinda amor. Mas no es culpa nuestra si de este barro nos amasaron, si el sentimiento que no compartimos nos molesta y acaso nos repugna, si las señales de la pasión que no halla eco en nosotros nos incitan a la mofa y al desprecio, y si nos gozamos en pisotear un corazón, por lo mismo que sabemos que ha de verter sangre bajo nuestros crueles pies.

Lo cierto es que yo, cuando vi que por fin guardaba silencio María, cuando transcurrió un mes sin recibir recados ni epístolas delirantes y húmedas de lágrimas, me sentí tan bien, tan alegre, que me lancé al mundo con el ímpetu de un colegial en vacaciones, con ese deseo e instinto de renovación íntima que parece que da nuevo y grato sabor a la existencia. Acudí a los paseos, frecuenté los teatros, admití convites, concurrí a saraos y tertulias, y hasta busqué diversiones de vuelo bajo, a manera de hambriento que no distingue de comidas. En suma; me desaté, movido por un instinto miserable, de humorística venganza, que se tradujo en el deseo de regalar a cualquier mujer, a la primera que tropezase casualmente, los momentos de fugaz embriaguez que negaba a María – a María, triste y pálida; a María, medio loca por mi abandono; a María, enferma, desesperada, herida en lo más íntimo por mi implacable desdén.

Es la casualidad tan antojadiza, en esto de proporcionar aventuras, que si a veces presenta ocasiones en ramillete, otras nos brinda una por un ojo de la cara. En muchos días de disipación y bureo, de rodar por distintas esferas sociales pidiendo guerra, no encontré nada que me tentase; y ya mi capricho se exaltaba, cuando el domingo de Carnestolendas, aburrido y por matar el tiempo, entré en el insípido baile de máscaras del teatro Real.

Transcurrida más de una hora, sentí que empezaba a hastiarme, y reflexionaba sobre la conveniencia de tomar la puerta y refugiarme entre sábanas cortando las hojas de un libro nuevo de favorito autor, a tiempo que cruzó entre el remolino del abigarrado tropel una máscara envuelta en

amplio dominó de rica seda verde. Era la máscara de fino
porte y trazas señoriles, cosa ya de suyo extraña en aquel
baile, y noté que con singular insistencia clavaba en mí los
ojos como si desease acercarse y no se atreviese, a pesar de
las franquicias del antifaz. La chispa de las pupilas ardientes de la máscara determinó en mí un repentino interés,
una especie de emoción de la cual me reí por dentro, pero
que me impulsó a hendir la multitud y aproximarme a la
encubierta. Al ir consiguiéndolo, me convencí más y más
de que la del verde dominó era dama, y dama muy principal, y que sólo la curiosidad, o algún empeño más hondo,
debía de haberla arrastrado a un baile de tan mal género.
"Grande será el interés que la trajo aquí – pensé –, y muy
visible su posición en la sociedad para que se venga así, sin
la compañía de una amiga, sin el brazo protector de un
hombre. A toda costa quiere que se ignore el lance: que
nadie la reconozca." Y al advertir que seguía mirándome,
que sus ojos me buscaban en medio del gentío, ocurrióseme
que aquel interés decisivo podía ser yo.

Con tal suposición dio un vuelco mi sangre, y jugando
los codos y las rodillas lo mejor que supe, pugné por al-
canzar a la gentil encapuchada. La multitud, desgraciada-
mente, se arremolinaba compacta y densa, formando viva
muralla que me era imposible romper. De lejos veía asomar
la cabeza del dominó y flotar los lazos complicados de la
capucha, que disimulaba la forma, sin duda hechicera, de la
testa juvenil; pero insensiblemente deslizábase hasta perderse y el miedo de que se escabullese me espoleaba. Iba
yo ganando terreno, más la enmascarada me llevaba gran

ventaja, sin duda, y empecé a recelar que huía de mí, y que, después de derramar en mi alma el veneno de sus fogosos ojos, ahora me evitaba, se escurría, se volvía duende para evaporarse como una visión... Este temor que sentí fue ardoroso incentivo del deseo de reunirme a la máscara. Con sobrehumano esfuerzo rompí la valla que me oprimía, y aprovechando un resquicio me hallé poco distante del dominó verde. Sólo que éste, a su vez, apretó el paso y desapareció por una de las puertas del salón.

Una persecución en toda regla emprendí entonces: persecución franca, ardorosa, caza más bien. Anhelante, acongojado, como si realmente la mujer que trataba de evadirse fuese algo que me importase mucho, recorrí velozmente los pasadizos, las escaleras, las galerías, el foyer, buscando dondequiera a la incitante máscara. Sin duda ella había adivinado con sagacidad mi violento antojo, pues parecía complacerse en desesperarme; y si teniéndome lejos se dejaba envolver por algún grupo de hombres o se paraba en actitud negligente, apenas comprendía que me acercaba, levantaba el vuelo con ligereza de sílfide y me desorientaba por medio de impensada maniobra. De improviso alegraba un palco el fresco tono verde del dominó; yo me precipitaba, y cuando llegaba jadeante a la puerta del palco, la desconocida no estaba ya en él, sino en otro de más arriba, para subir al cual había que invertir cinco minutos, tiempo suficiente a que la máscara se enhebrase por un pasillo, saliendo enfrente de mí a buena distancia. Desolado, loco, con la imaginación caldeada y secas las fauces por el afán, me apresuraba, bajaba, subía, ponía en tensión todas las fuerzas de mi cuerpo y de mi espíritu sin dar alcance a la misteriosa hermosura que (ya era evidente) se complacía en burlarme.

La astucia me sirvió mejor que la agilidad en este caso. Comprendiendo que tan aristocrático dominó no querría permanecer en el baile pasadas las primeras horas de la noche y evitaría el momento de las cenas y de las cabezas calientes; seguro de que sólo había venido allí para marcarme, y logrado este objeto desaparecería, adiviné que toda su estrategia era batirse en retirada hacia la puerta, y cortándole la salida la atrapaba de fijo. También supuse que saldría por el punto más solitario, por la puerta menos alumbrada por la calle donde es más fácil saltar furtivamente dentro de un coche que espera y huir sin dejar rastro. Mis cálculos resultaron exactísimos. Me situé en acecho, con tal fortuna, que al cuarto de hora de espera vi asomar a la encapuchada del verde dominó, la cual, mirando a uno y otro lado, como recelosa, exploraba el terreno. Me arrojé a cerrarle el paso, y a mis primeras palabras suplicantes y rendidas contestó con el chillón falsete habitual en las máscaras, rogándome, por Dios, que la dejase, que no me opusiese a su marcha y que no insistiese en acosarla así.

La creí sincera; pero cuanto más demostraba ansia de evitarme, más crecía en mí la voluntad de detenerla, de que me escuchase de que me mirase otra vez, de que me amase sobre todo. La vehemencia de aquel súbito antojo era tal, que si no fuese porque pasaba gente, creo que me dejo caer de rodillas a los pies del dominó. Hasta me sentí elocuente e inspirado, y noté que las frases acudían a mis labios incendiarias y dominadoras, con el acento y la expresión que presta un sentimiento real, aunque sólo dure minutos.

– Si querías huir de mí – dije a la máscara, estrechándola de cerca –, ¿por qué me miraste con esos ojos que me inflamaron el corazón? ¿Por qué me clavaste la saeta, dí, si habías de negarte a curar mi herida? ¿No estás viendo cómo has removido, con esa mirada sola, todo mi ser? ¿No oyes mi voz alterada por la emoción, no observas el trastorno de mis sentidos, no me ves hecho un loco? ¿No conoces que tengo fiebre? ¿No sabes que yo te presentía, que adivinaba tu aparición, que vine a este baile en la seguridad de que tu presencia lo llenaría de luz y de encanto? ¿Y crees que voy a dejarte escapar así, que lo consentiré, que no te seguiré hasta el infierno? Si no podrás irte. En tu mirada se delató el amor y sigue delatándose en tu actitud, en tu agitación, máscara mía.

Era verdad. La máscara, como fascinada, se reclinaba en la pared. Su cuerpo se estremecía, su seno se alzaba y bajaba precipitadamente, y al través de los reducidos agujeros del antifaz, vi temblar sobre el negro terciopelo de sus pupilas dos ardientes lágrimas. Con voz que apenas se oía, y en la cual también se quebraban los sollozos, murmuró lentamente, cual si desease grabar sus palabras para siempre en mi memoria.

– Es cierto: sólo por acercarme a ti, por gozar de tu vista, he adoptado este disfraz, he cometido la locura de venir al baile. Y mira qué extraño caso: queriéndote así, lloro... a causa de que me dices palabras de amor. Por oírlas con la cara descubierta daría mi sangre. Pero tú, que acabas de jurar que me adoras, ahora que me ves envuelta en este trapo verde, tú... huirías de mí si me presentase sin careta. Me has perseguido, me has dado caza, sólo porque no veías mi rostro. Y ni soy vieja ni fea... ¡No es eso! ¡Mírame y comprenderás! ¡Mírame y después... ya no tendrás que volver a mirarme nunca!

Y alzándose el antifaz, el dominó verde me enseñó la cara de mi abandonada, de mi rechazada, de mi desdeñada María... Aprovechando mi estupor, corrió, saltó al coche que la aguardaba, y al quererme precipitar detrás de ella oí el estrépito de las ruedas sobre el empedrado.

Desde tan triste episodio carnavalesco sé que lo único que nos transtorna es un trapo verde. La Esperanza, la máscara eterna, la encubierta que siempre huye, la que todo lo promete...; la que bajo su risueño disfraz oculta el descolorido rostro del viejo Desengaño.

La aventura del ángel

Por falta menos grave que la de Luzbel, que no alcanzó proporciones de "caída", un ángel fue condenado a pena de destierro en el mundo. Tenía que cumplirla por espacio de un año, lo cual supone una inmensa suma de perdida felicidad; un año de beatitud es un infinito de goces y bienes que no pueden vislumbrar ni remotamente nuestros sentidos groseros y nuestra mezquina imaginación. Sin embargo, el ángel, sumiso y pesaroso de su yerro, no chistó; bajó los ojos, abrió las alas, y con vuelo pausado y seguro descendió a nuestro planeta.

Lo primero que sintió al poner en él los pies fue dolorosa impresión de soledad y aislamiento. A nadie conocía, y nadie le conocía a él tampoco bajo la forma humana que se había visto precisado a adoptar. Y se le hacía pesado e intolerable, pues los ángeles ni son hoscos ni huraños, sino sociables en grado sumo, como que rara vez andan solos, y se juntan y acompañan y amigan para cantar himnos de gloria a Dios, para agruparse al pie de su trono y hasta para recorrer las amenidades del Paraíso; además están organizados en milicias y los une la estrecha solidaridad de los hermanos de armas.

Aburrido de ver pasar caras desconocidas y gente indiferente, el ángel, la tarde del primer día de su castigo, salió de una gran ciudad, se sentó a la orilla del camino, sobre una piedra miliaria, y alzó los ojos hacia el firmamento que le ocultaba su patria, y que estaba a la sazón teñido de un verde luminoso, ligeramente franjeado de naranja a la parte del Poniente. El desterrado gimió, pensando cómo podría volver a la deleitosa morada de sus hermanos; pero sabía que una orden divina no se revoca fácilmente, y entre la melancolía del crepúsculo apoyó en las manos la cabeza, y lloró hermosas lágrimas de contrición, pues aparte del dolor del castigo, pesábale de haber ofendido a Dios por ser quien es, y por lo mucho que le amaba. Ya he cuidado de advertir que, a pesar de su desliz, este ángel era un ángel bastante bueno.

Apenas se calmó su aflicción, ocurriole mirar hacia el suelo, y vio que donde habían caído gotas de su llanto, nacían y crecían y abrían sus cálices con increíble celeridad muchas flores blancas, de las que llaman margaritas, pero que tenían los pétalos de finas perlas y el corazoncito de oro. El ángel se inclinó, recogió una por una las maravillosas flores y las guardó cuidadosamente en un pliegue de su manto. Al bajarse para la recolección distinguió en el suelo un objeto blanco - Un pedazo de papel, un trozo de periódico - . Lo tomó también y empezó a leerlo, porque el ángel de mi cuento no era ningún ignorante a quien le estorbase lo negro sobre lo blanco; y con gozo profundo

vio que ocupaban una columna del periódico ciertos des-
iguales renglones, bajo este epígrafe: A un ángel.

¡A un ángel! ¡Qué coincidencia! Leyó afanosamente, y,
por el contexto de la poesía, dedujo que el ángel vivía en la
Tierra y habitaba una casa en la ciudad, cuyas señas daba
minuciosamente el poeta, describiendo la reja de la ventana
tapizada de jazmín, la tapia del jardín de donde se desbordaban las enredaderas y los rosales, y hasta el recodo de la
calle, con la torre de la iglesia a la vuelta. "Alguno de mis
hermanos - pensó el desterrado - ha cometido, sin duda,
otro delito igual al mío y le han aplicado la misma pena que
a mí. ¡Qué consuelo tan grande recibirá su alma cuando me
vea! ¡Qué felicidad la suya, y también la mía, al encontrar
un compañero! Y no puedo dudar que lo es. La poesía lo
dice bien claro; que ha bajado del cielo, que está aquí en el
mundo, por casualidad, y teme el poeta que se vuelva el
día menos pensado a su patria... ¡Oh ventura! A buscarle
inmediatamente".

Dicho y hecho. El ángel se dirigió hacia la ciudad. No
sabía en qué barrio podría vivir su hermano; pero estaba
seguro de acertar pronto. Hasta suponía que de la casa ha-
bitada por el ángel se exhalaría un perfume peculiar que
delatase su celestial presencia. Empezó, pues, a recorrer
calles y callejuelas. La luna brillaba, y a su luz clarísima el
ángel podía examinar las rejas y las tapias, y ver por cual
de ellas se enramaba el jazmín y se desbordaban las rosas.

Al fin, en una calle muy solitaria, un aroma que traía la
brisa hizo latir fuertemente el corazón del ángel; no olía a
gloria, pero sí olía a jazmín; y el perfume era embriagador

y sutil, como un pensamiento amoroso. A la vez que percibía el perfume, divisó tras los hierros de una reja una cara muy bonita, muy bonita, rodeada de una aureola de pelo oscuro... No cabía duda: aquel era el otro ángel desterrado, el que debía aliviarle la pena de la soledad. Se acercó a la reja trémulo de emoción.

No archivan las historias el traslado fiel de lo que platicaron al través de los hierros el ángel verdadero y el supuesto ángel, que escondía su faz entre el follaje menudo y las pálidas flores del fragante jazmín. Sin duda desde el primer momento, sin más explicaciones, se convino en que, efectivamente, era un ángel la criatura resguardada por la reja; habituada a oírselo llamar en verso, no extrañó que una vez más se le atribuyese en prosa naturaleza angélica. Así es como los ripios falsean el juicio, y los poetas chirles hacen más daño que la langosta.

Lo que también comprendió el ángel desterrado fue que el otro ángel era doblemente desdichado que él, pues se quejaba de no poder salir de allí, de que le guardaban y vigilaban mucho, de que le tenían sujeto entre cuatro paredes y de que su único desahogo era asomarse a aquella reja a respirar el aire nocturno y a echar un ratito de parrafeo. El desterrado prometió acudir fielmente todas las noches a dar este consuelo al recluso, y tan a gusto cumplió su promesa que desde entonces lo único que le pareció largo fue el día, mientras no llegaba la grata hora del coloquio.

Cada noche se prolongaba más, y, por último, sólo cuando blanqueaba el alba y se apagaban las dulces estrellas se retiraba de la reja el ángel, tan dichoso y anegado en bienestar sin límites, como si nadase todavía en la luz del empíreo y le asistiese la perfecta bienaventuranza. Sin embargo, el recluso iba mostrándose descontento y exigente. Sacando los dedos por la reja y cogiendo los de su amigo, preguntábale, con asomos de mal humor, cuándo pensaba libertarle de aquel cautiverio.

El ángel, para entretenerle, fue regalándole las margaritas de corazón de oro y pétalos de perlas; hasta que, muy estrechado ya, hubo de decir que sin duda el encierro era disposición de Dios, y que no se debían contrariar sus decretos santos. Una carcajada burlona fue la respuesta del encerrado, y a la otra noche, al acudir a la reja, el ángel vio con sorpresa que por la puertecilla del jardín salía una figura velada y tapada, que un brazo se cogía de su brazo y una voz dulce, apasionada y melodiosa le decía al oído... "Ya somos libres... Llévame contigo..., escapemos pronto, no sea que me echen de menos".

El ángel, sobrecogido, no acertó a responder: apretó el paso y huyeron, no sólo de la calle, sino de la ciudad, refugiándose en el monte. La noche era deliciosa, del mes de mayo; acogiéronse al pie de un árbol frondoso; él, saboreando plácidamente, como ángel que era, la dicha de estar juntos; ella - porque ya habrán sospechado los lectores que se trataba de una mujer -, nerviosa, sardónica, soltando lagrimitas y haciendo desplantes.

No podía explicarse - ahora que ya no se interponía entre ellos la reja - cómo su compañero de escapatoria no se mostraba más vehemente, cómo no formaba planes de vida, cómo no hablaba de matrimonio y otros temas de indiscutible actualidad. Nada: allí se mantenía tan sereno, tan contento al parecer, extasiado, sonriendo, abrigándola con su manto de anchos pliegues y mirando al cielo, lo mismo que si de la luna fuese a caerle en la boca algún bollo. La mujer, que empezó por extrañarse, acabó por indignarse y enfurecerse; alejose algunos pasos, y como el ángel preguntase afectuosamente la causa del desvío, alzó la mano de súbito y descargó en la hermosa mejilla angélica solemne y estruendoso bofetón... después de lo cual rompió a correr en dirección de la ciudad como una loca. Y el abandonado, sin sentir el dolor ni la afrenta, murmuraba tristemente:

– ¡El poeta mentía! ¡No era un ángel! ¡No era un ángel!

Al decir esto vio abrirse las nubes y bajar una legión de ángeles, pero de ángeles reales y efectivos, que le rodearon gozosos. Estaba perdonado, había vencido la mayor tentación, que es la de la mujer, y Dios le alzaba el destierro. Mezclándose al coro luminoso, ascendió el ángel al cielo entre resplandores de gloria; pero al ascender, volvía la cabeza atrás para mirar a la Tierra a hurtadillas, y un suspiro hinchaba y oprimía su corazón. Allí se le quedaba un sueño... ¡Y olía tan bien el jazmín de la reja!

El fantasma

Cuando estudiaba carrera mayor en Madrid, todos los jueves comía en casa de mis parientes lejanos los señores de Cardona, que desde el primer día me acogieron y trataron con afecto sumo. Marido y mujer formaban marcadísimo contraste: él era robusto, sanguíneo, franco, alegre, partidario de las soluciones prácticas; ella, pálida, nerviosa, romántica, perseguidora del ideal. El se llamaba Ramón; ella llevaba el anticuado nombre de Leonor. Para mi imaginación juvenil, representaban aquellos dos seres la prosa y la poesía.

Esmerábase Leonor en presentarme los platos que me agradaban, mis golosinas predilectas, y con sus propias manos me preparaba, en bruñida cafetera rusa, el café más fuerte y aromático que un aficionado puede apetecer. Sus dedos largos y finos me ofrecían la taza de porcelana "cáscara de huevo", y mientras yo paladeaba la deliciosa infusión, los ojos de Leonor, del mismo tono oscuro y caliente a la vez que el café, se fijaban en mí de un modo magnético.

Parecía que deseaban ponerse en estrecho contacto con mi alma.

Los señores de Cardona eran ricos y estimados. Nada les faltaba de cuanto contribuye a proporcionar la suma de ventura posible en este mundo. Sin embargo, yo di en cavilar que aquel matrimonio entre personas de tan distinta complexión moral y física no podía ser dichoso.

Aunque todos afirmaban que a don Ramón Cardona le rebosaba la bondad y a su mujer el decoro, para mí existía en su hogar un misterio. ¿Me lo revelarían las pupilas color café?

Poco a poco, jueves tras jueves, fui tomándome un interés egoísta en la solución del problema. No es fácil a los veinte años permanecer insensible ante ojos tan expresivos, y ya mi tranquilidad empezaba a turbarse y a flaquear mi voluntad. Después de la comida, el señor de Cardona salía; iba al Casino o a alguna tertulia, pues era sociable, y nos quedábamos Leonor y yo de sobremesa, tocando el piano, comentando lecturas, jugando al ajedrez o conversando. A veces las vecinas del segundo bajaban a pasar un ratito; otras estábamos solos hasta las once, hora en que acostumbraba a retirarme, antes de que cerrasen la puerta. Y, con fatuidad de muchacho, pensaba que era bien singular que no tuviese don Ramón Cardona celos de mí.

Una de las noches en que no bajaron las vecinas - noche de mayo, tibia y estrellada -, estando el balcón abierto, y entrando el perfume de las acacias a embriagarme el corazón, me tentó el diablo más fuerte, y resolví declararme. Ya balbucía entrecortadas las palabras, no precisamente de pasión, pero de adhesión, rendimiento y ternura, cuando Leonor me atajó diciéndome que estaba tan cierta de mi leal amistad, que deseaba confiarme algo muy grave, el terrible secreto de su vida. Suspendí mis confesiones para oír las de la dama, y me fue poco grato escuchar de sus labios, trémulos de vergüenza, la narración de un episodio amoroso.

- Mi único remordimiento, mi único yerro - murmuró acongojada doña Leonor - se llama el marqués de Cazalla. Es, como todos saben, un perdido y un espadachín. Tiene en su poder mis cartas, escritas en momentos de delirio. Por recogerlas, no sé qué daría.

Y vi, a la luz de los brilladores astros, que se deslizaba de las pupilas oscuras una lágrima lenta...

Al separarme de Leonor, llevaba formado propósito de ver al marqués de Cazalla al día siguiente. Mi petulancia juvenil me dictaba tal resolución. El marqués, a quien hice pasar mi tarjeta, me recibió al punto en artístico *fumoir* y a las primeras palabras relativas al asunto que motivaba mi visita, se encogió de hombros y pronunció afablemente:

- No me sorprende el paso que usted da; pero le ruego que me crea, y le empeño palabra de honor de que es la pura verdad cuanto voy a decirle. Considero el caso de la señora de Cardona el más raro que en mi vida me ha sucedido. No sólo no poseo ni he poseído jamás los documentos a que esa señora se refiere, sino que no he tenido nunca el gusto..., porque gusto sería, de tratarla... ¡Repito que lo afirmo bajo palabra de honor!

Era tan inverosímil la respuesta, que no obstante el tono de sinceridad absoluta del marqués, yo puse cara escéptica, quizá hasta insolente.

— Veo que no me cree usted —añadió el marqués entonces—. No me doy por ofendido. Lo descontaba. Podrá usted dudar de mi palabra; pero ni usted ni nadie tiene derecho a suponer que soy hombre que rehuye, por medio de subterfugios, un lance personal. Si lo que busca usted es pendencia, me tiene a su disposición. Sólo le suplico que antes de resolver esta cuestión de un modo o de otro consulte... al señor Cardona. He dicho "al señor". No me mire usted con esos ojos espantados... Oígame hasta que termine. Doña Leonor Cardona, que según opinión general es una señora honradísima, ha debido de padecer una pesadilla y soñar que teníamos relaciones, que nos veíamos, que me había escrito, etcétera. Bajo el influjo de ilusorios remordimientos le ha contado a su marido "todo"... es decir, "nada"...; pero "todo" para ella; y el marido ha venido aquí como usted, sólo que más enojado, naturalmente, a pedirme cuentas, a querer beber mi sangre. Si yo no la tuviese bastante fría, a estas horas pesa sobre mi conciencia el asesinato de Cardona... o él me habría matado a mí (no digo que no pudiese suceder). Por fortuna no me aturdí, y preguntando a Cardona las épocas en que su esposa afirmaba que habían tenido lugar nuestras entrevistas criminales, pude demostrarle de un modo fehaciente que a la sazón me encontraba yo en París, en Sevilla o en Londres. Con igual facilidad, probé la inexactitud de otros datos aducidos por doña Leonor. Así es que el señor Cardona, muy confuso y asombrado, tuvo que retirarse pidiéndome excusas. Si usted me pregunta cómo me explico suceso tan extraordinario, le diré que creo que esta señora, a quien después he procurado conocer (¡por la memoria de mi madre le juro a usted que antes, ni de vista!...), sufre alguna enfermedad moral... y ha tenido una visión...; vamos, que se le ha aparecido un espectro de amor..., y ese espectro, ¡vaya usted a saber por qué!, ha tomado mi forma. Y no hay más... No se admire usted tanto. Dentro de diez años, si trata usted algunas mujeres, se habituará a no admirarse de casi nada.

Salí de casa del marqués en un estado de ánimo indefinible. No había medio de desmentirle, y al mismo tiempo la incredulidad persistía. Impresionado, no obstante, por las firmes y categóricas declaraciones del dandi, me dediqué desde aquel punto, no a cortejar a Leonor, sino a observar a Cardona. Procuré hablarle mucho, hacerle espontanearse, y fui sacando, hilo a hilo, conversaciones referentes a la fidelidad conyugal, a los lances que puede originar un error, a las alucinaciones que a veces sufrimos, a los estragos que causa la fantasía... Por fin, un día, como al descuido, dejé deslizar en el diálogo el nombre del marqués de Cazalla y una alusión a sus conquistas... Y entonces Cardona, mirándome cara a cara, con gesto entre burlón y grave, preguntó:

— ¿Qué? ¿Ya te han enviado allá a ti también? ¡Pobrecilla Leonor, está visto que no tiene cura!

No necesité más para confesar de plano mis gestiones, y Cardona, sonriendo, aunque algo alterada su sonora voz, me dijo:

– Has de saber que cuando fui a casa del marqués de Cazalla, ya llevaba yo ciertos barruntos y sospechas de la alucinación de Leonor, de la cual me convencí plenamente después. Si bien no parezco celoso, y hasta se diría que me pierdo por confiado, he vigilado a Leonor siempre, porque la quiero mucho, y en ninguna época hubiese podido ella cometer, sin que yo me enterase, los delitos de que se acusaba. Comprendí que se trataba de una fantasmagoría, de un sueño, y me resigné a la hipótesis de una falta imaginaria... ¡Quién sabe si ese fantasma de pasión y arrepentimiento le sirve de escudo contra la realidad! Lo que te aseguro es que Leonor, viviendo yo, nunca saldrá de la región de los fantasmas... ¡Y no volvamos a hablar de esto en la vida!

Aproveché el aviso, y de allí en adelante evité quedarme a solas con Leonor, y hasta fijar la mirada en sus oscuros ojos, nublados por la quimera.

La perla rosa

ólo el hombre que de día se encierra y vela muchas horas de la noche para ganar con qué satisfacer los caprichos de una mujer querida - díjome en quebrantada voz mi infeliz amigo - , comprenderá el placer de juntar a escondidas una regular suma, y así que la redondea, salir a invertirla en el más quimérico, en el más extravagante e inútil de los antojos de esa mujer. Lo que ella contempló a distancia como irrealizable sueño, lo que apenas hirió su imaginación con la punzada de un deseo loco, es lo que mi iniciativa, mi laboriosidad y mi cariño van a darle dentro de un instante... Y ya creo ver la admiración en sus ojos y ya me parece que siento sus brazos ceñidos a mi cuello para estrecharme con delirio de gratitud.

Mi único temor, al echarme a la calle con la cartera bien lastrada y el alma inundada de júbilo, era que el joyero hubiese despachado ya las dos encantadoras perlas color de rosa que tanto entusiasmaron a Lucila la tarde que se detuvo, colgada de mi brazo, a golosinear con los ojos el escaparate. Es tan difícil reunir dos perlas de ese raro y peregrino matiz, de ese hermoso oriente, de esa perfecta forma globulosa, de esa igualdad absoluta, que juzgué imposible que alguna señora antojadiza como mi mujer, y más rica, no la encerrase ya en su guardajoyas. Y me dolería tanto que así hubiese sucedido, que hasta me latió el corazón cuando vi sobre el limpio cristal, entre un collar magnífico y una cascada de brazaletes de oro, el fino estuche de terciopelo blanco donde lucían misteriosamente las dos perlas rosa orladas de brillantes.

Aunque iba preparado a que me hiciesen pagar el capricho, me desconcertó el alto precio en que el joyero tasaba las perlas. Todas mis economías, y un pico, iban a invertirse en aquel par de botoncitos, no más gruesos que un garbanzo chiquitín. Me asaltó la duda – ¡soy tan poco experto en compras de lujo! – de si el joyero pretendería explotar mi ignorancia pidiéndome, sólo por pedir, un disparate, creyendo tal vez que mi pelaje no era el de un hombre capaz de adquirir dos perlas rosa. A tiempo que pensaba así, observé, al través del alto y diáfano vidrio de la tienda, que pasaba por la acera mi antiguo condiscípulo y mejor amigo Gonzaga Llorente. Ver su apuesta figura y salir a llamarle fue todo uno. ¿Quién mejor para ilustrarme y aconsejarme que el elegante Gonzaga, tan al corriente de la moda, tan lanzado al mundo, tan bien relacionado, que cada visita que hacía a nuestra modesta y burguesa casa – y hacía bastantes desde algún tiempo acá – yo la estimaba como especialísima prueba de afecto?

Manifestando cordial sorpresa, Gonzaga se volvió y entró conmigo en la joyería, enterándose del asunto. Inme-

diatamente se declaró admirador de las perlas rosa, y añadió que sabía que andaban bebiendo los vientos por adqui-
rirlas ciertas empingorotadas señoras, entre las cuales citó
a dos o tres de altisonantes títulos. En un discreto aparte
me aseguró que el precio que exigía el joyero no tenía nada
de excesivo, en atención a la singularidad de las perlas. Y,
como yo recelase aún, molestado por el piquillo que en
aquel momento no me era posible abonar, Gonzaga, con su
simpática franqueza, abrió la cartera y me entregó varios
billetes bromeando y jurando que si yo no admitiese tan
pequeño servicio, en todos los días de su vida volvería a mirarme a la cara. ¡Qué miserables somos! No debí aceptar el
préstamo; no debí llevar a mi casa sino lo que pudiese pagar
al contado... Pero la pasión me dominaba y hubiese besado
de rodillas la mano que me ofrecía medio de satisfacerla.

Convinimos en que Gonzaga almorzaría con nosotros al
día siguiente, en celebración del estreno de las perlas rosa, y
con el estuche en el bolsillo me dirigí a mi casa disparado;
quisiera tener alas.

Lucila trasteaba cuando yo entré, y al verme plantado
delante de ella, diciéndole con cara de beatitud: "Regístra-
me", comprendió y murmuró: "Regalo tenemos". Viva y
traviesa (¡su manera de ser!) revolvió mis bolsillos haciéndome cosquillas deliciosas, hasta acertar con el estuche. El
grito que exhaló al ver las perlas fue de esos que no se olvidan jamás. En la efusión de su agradecimiento, me sobó
la cara y hasta me besó... ¡Puede que en aquel instante me
quisiese un poco! No acertaba a creer que joya tan codicia-
da y espléndida le perteneciese; no podía convencerse de

que iba a ostentarla. Y yo mismo, desabrochando los sencillos aretes de oro que Lucila llevaba puestos, enganché las perlas rosa en las orejitas pequeñas, encendidas de placer. Me hace mucho daño acordarme de estas tonterías, pero me acuerdo siempre.

Al otro día, que era domingo, almorzó en casa Gonzaga, y estuvimos todos bulliciosos y decidores. Lucila se había puesto el vestido de seda gris, que le sentaba muy bien, y una rosa en el pecho –una rosa del mismo color de las perlas–. Gonzaga nos convidó al teatro y nos llevó a Apolo, a una función alegre, en que sin tregua nos reímos. A la mañana siguiente volví con afán a mis quehaceres, pues deseaba saldar cuanto antes el pico, resto de las perlas. Regresé a mi casa a la hora de costumbre, y al sentarme a la mesa, mi primera mirada fue para las orejas de Lucila. Di un salto y lancé una interjección al ver que faltaba del diminuto cerco de brillantes una de las perlas rosa.

– ¡Has perdido una perla! – exclamé.

– ¿Cómo una perla? – tartamudeó mi mujer echando mano a sus orejas y palpando los aretes. Al ver que era cierto, quedose tan aterrada que me alarmé, no ya por la perla, sino por el susto de Lucila.

– Calma – le dije –. Busquemos, que aparecerá.

Excuso decir que empezamos a mirar y a registrar por todas partes, recorriendo la alfombra, sacudiendo las cortinas, alzando los muebles, escudriñando hasta cajones que Lucila afirmaba no haber abierto desde un mes antes. A cada pesquisa inútil, los ojos de Lucila se arrasaban de lágrimas. Mientras resolvíamos, se me ocurrió preguntarle:

- ¿Has salido esta tarde?

- Sí..., creo que sí... - respondió titubeando.

- ¿A dónde?

- A varios sitios... Es decir... Fui... por ahí... a compras...

- Pero... ¿a qué tiendas?

- ¡Qué sé yo! A la calle de Postas..., a la plazuela del Ángel..., a la Carrera...

- ¿A pie o en coche?

- A pie... Luego tomé un cochecillo.

- ¿No recuerdas el punto... el número?

- ¿Cómo quieres que lo recuerde? ¡Válgame Dios! Si era un coche que pasaba - objetó nerviosamente Lucila, que rompió a sollozar con amargura.

- Pero las tiendas sí las recordarás... Dímelas, que iré una por una, a ver si en el suelo o en el mostrador... Pondremos anuncios...

- ¡Si no me acuerdo! ¡Por Dios, déjame en paz! - exclamó tan afligida que no me atreví a insistir, y preferí aguardar a que se calmase.

Pasamos una noche de inquietud y desvelo. Oí a Lucila suspirar y dar vueltas en la cama como si no consiguiese dormir. Yo, entre tanto, discurría modos de recuperar la perla rosa. Levanteme temprano, me vestí, y a las ocho llamaba a la puerta de Gonzaga Llorente. Había oído decir que la Policía, en casos especiales, averigua fácilmente el paradero de los objetos perdidos o robados, y esperaba que Gonzaga, con su influencia y sus altas relaciones, me ayudaría a emplear este supremo recurso.

- El señorito está durmiendo; pero pase usted al gabinete, que dentro de diez minutos le entraré el chocolate y preguntaré si puede usted verle - dijo el criado, al notar mi insistencia y mi premura.

Me avine a esperar. El criado abrió las maderas del gabinete, en cuyo ambiente flotaban esencias y olor de cigarro. ¡Cuando pienso en lo distinta que sería mi suerte si aquel criado me hace pasar inmediatamente a la alcoba...!

Lo cierto es... que al primer alegre rayo de sol que cruzó las vidrieras, y antes de que el criado me dijese "tome usted asiento", ya había visto brillar sobre el ribete de paño azul de la piel de oso blanco, tendida al pie del muelle diván turco, ¡la perla, la perla rosa!

Si esto que me sucedió le sucede a usted, y usted me pregunta qué debe hacerse en tales circunstancias, yo respondo de seguro con gran energía: "Coger una espada de la panoplia que supera el diván y atravesársela por el pecho al que duerme ahí al lado, para que nunca más despierte". ¿Sabe usted lo que hice? me bajé, recogí la perla, la guardé en el bolsillo, salí de aquella casa, subí a la mía, encontré a mi mujer levantada y muy desencajada; la miré y no la ahogué. Con voz tranquila le ordené que se pusiese los pendientes. Saqué la perla del bolsillo... y cogiéndola entre los dedos, le dije:

- Aquí está lo que perdiste. ¿Qué tal, lo encontré pronto?

Es cierto que al acabar me dio no sé qué arrechucho o qué vértigo de locura. Eché mano a aquellas orejas diminutas, arranqué de ellas los pendientes, y todo lo pisoteé. Por fortuna, pude dominarme en el acto... y bajar la escalera y refugiarme en el café más próximo, donde pedí coñac...

¿Que si he vuelto a ver a Lucila?... Una vez... iba del brazo de "otro", que ya no era Gonzaga. Por cierto que me fijé en que el lóbulo de la oreja izquierda lo tiene partido. Sin duda se lo rasgué yo involuntariamente.

Un parecido

No hay discusión más baldía que la de la hermosura. Mil veces la entablamos en aquella especie de senadillo de gentes al par desengañadas y curiosas, donde se agitaban tantos problemas a un tiempo atractivos e insolubles; y siempre - aunque no escaseaban las disertaciones - quedábamos en mayor confusión. Uno sostenía que la belleza era la corrección de líneas; otro, que la armonía del color; éste, que la fusión de ambos elementos; aquél, que la juventud; el de más allá, que la salud y robustez, o el donaire, chiste y garabato, o el arte del tocador, o la melodía de la voz, y hasta hubo alguno que identificó la belleza con la bondad y con la inteligencia... Y el original de Donato Abréu, que solía escuchar callando, al fin se descolgó con la sentencia siguiente:

- La belleza no es nada.

Acostumbrados a sus salidas, callamos para ver cómo se desenredaba, y fue así:

- No es nada, nada absolutamente. Si nos ataca a los presentes una oftalmía, se acabaron líneas, colores, aire de salud, juventud, adorno... Todo eso estaba en nuestra retina..., y en ninguna parte más.

– ¡Vaya una gracia! – exclamamos –. Si empieza usted por dejarnos ciegos...

– Es que lo están ustedes ya cuando tienen por realidad lo que no existe fuera de nosotros. ¡Déjenme continuar! Yo aduciré ejemplos. Ante todo, ¿supongo que se trata de la belleza femenil?

– ¡Ah pícaro! – protestó el escultor –. ¡Se refugia usted ahí..., porque es donde menor refutación tienen sus herejías! A los escultores no vale cegarnos. Acuérdese usted de aquel que, privado de la vista, admiraba con las yemas de los dedos el torso de una estatua griega...

– ¡Bah! Tampoco ustedes reconocen ley fija, tipo inalterable... La Venus dormida en su concha, que presentó usted hace dos años y se llevó la medalla, no se asemeja a la Venus clásica, y no por eso deja de ser hermosa..., es decir, de parecerlo... Pero no nos salgamos del terreno general, porque el arte es patrimonio de pocos. ¿Hablábamos de mujeres, sí o no?

– ¿De mujeres? ¡Siempre! – afirmó el vizconde de Tresmes, el cual, según malas lenguas, tenía un pasado asaz borrascoso –. ¿Qué otra cosa merece la pena de discutirse en este mundo?

– Entonces, pleito ganado – insistió Donato recalcándose en la butaca –. ¿Sostienen ustedes que la hermosura de determinada mujer es la causa de los sentimientos especiales que esa mujer nos inspira?

— ¿Pues qué había de ser? — repuso Tresmes —. ¿Su fealdad? O es hermosa, o hermosa la creemos, y de esa belleza nos enamoramos..., más o menos... ¡Que en eso cabe una escala infinita de grados y matices!

— Oigan — suplicó Donato — no mis razones, sino la historia muy verdadera de un amigo mío que se ha muerto en el extranjero, porque no logrando aliviarse de un delito amoroso, se dedicó a viajar, y en Roma una fiebre palúdica, lo que allí conocen por malaria, le curó la enfermedad de vivir.

Mi amigo era el hijo de segundas nupcias de un señor bastante rico. Los otros, fruto del primer tálamo, le adoraban y le ampararon como padre cuando todos quedaron huérfanos. Casose el mayor de sus hermanos con una señorita llamada Jacinta, y mi amigo Marcelo le diremos, por no divulgar su verdadero nombre, fue a vivir a Madrid con el nuevo matrimonio, para terminar la carrera de arquitecto. Era "muy bella" la cuñadita Jacinta — ya ven ustedes que me sirvo de lenguaje usual —, y Marcelo, un día tras otro, confianza va y halago viene, se prendó de Jacinta con la pasión más tirana. Cuando comprendió su estado, cuando interpretó su afán, se horrorizó de una inclinación tan culpable y se propuso esconderla, como se esconde la mancha y la vergüenza, y no dejar asomar por ningún resquicio ni reflejos de la hoguera que le consumía la médula de los huesos. Y hubiese cumplido su propósito, a no suceder cosa más terrible aún: que la señora, objeto de tan reprobable afición, o porque la adivinó o porque se contagió con ella sin adivinarla, al cabo dio en padecer del mismo achaque, y menos cauta, lo descubrió con indicios tan claros, que Marcelo, sintiéndose débil y vencido antes de pelear, apeló a poner tierra en medio... Dijo a su hermano que se encontraba enfermo, y esto no era sino relativa mentira, y que necesitaba respirar, por receta del médico, aires puros, aires de campo; y el hermano, solícito y compadecido, le envió a un cortijo que había heredado de su suegro, y que por encontrarse en lo más florido y frondoso de la serranía de Córdoba y ser entonces el mes de abril, debía de estar convertido en vergel delicioso.

— Habrá comodidad suficiente para ti — advirtió —, porque el padre de mi Jacinta tenía cariño a ese sitio y lo visitaba de vez en cuando, aunque Jacinta nunca ha puesto allí los pies, ni yo tampoco. He oído susurrar no sé qué de la mujer del capataz...; pero ¡si se creyese cuanto se oye! En fin, lo esencial es que no te faltarán ropas ni muebles... Y si algo te falta, pídelo en seguida.

Marchó Marcelo asaz desesperado a su Tebaida, y el capataz le recibió con agasajo, encargando a su hija, mocita como de veinte años de edad, que sirviese y atendiese al forastero. ¡Imagínense la conmoción que sufriría éste cuando, al fijar los ojos en el rostro de la hija del capataz, vio en él una copia perfectísima, un acabado trasunto del de Jacinta! Era semejanza, no sólo de facciones, sino de expresión, modales y gesto, y, lo que más turbó a Marcelo, hasta de metal de voz, con un ceceo andaluz que hacía encantador el de Manuelita la cortijera! Reconoció el enamorado los negros ojos que llevaba clavados en el corazón, el talle cuyas ondulaciones le causaban vértigo, el color quebrado de la suave tez que le enloquecía, y acordándose de las indicaciones de su hermano acerca de la mujer del capataz, no se asombró de encontrar una nueva Jacinta en la sierra. Al pasar días fue notando que la serrana poseía mil cualidades preciosas: limpia, fina a su modo, viva y lista como nadie; ya alegre, ya melancólica; oportuna en replicar, aguda en comprender, sensible a ratos y arisca a tiempo, sabía, además, rasguear la guitarra y entonar el polo con un salero que quitaba el sentido. Marcelo, embelesado, pensó que la misma Providencia le deparaba tan sabroso remedio a sus enfermedades morales, y se dedicó a la serrana, galanteándola y persiguiéndola sin tregua, a favor de aquella libertad que da el campo y de las rodadas ocasiones que brinda el vivir bajo un techo mismo. Manuelita se defendió; pero al cabo fue ablandándose, y consintió en acudir a una reja baja, donde sin peligro para su recato podía conversar largamente con Marcelo. Mas lo que suele costar trabajo en estas lides es el primer triunfo, que los restantes vienen fatalmente a su hora, y Manuelita, aunque se hizo muy de rogar, acabó por conceder a Marcelo que una noche, en vez de hablarse por la reja, se hablasen dentro del aposento que la reja defendía...

El narrador se detuvo un instante, como preparando el efecto de lo que le faltaba por contar.

—Marcelo entró en aquel cuarto temblando de gozo, paladeando con la imaginación el bien que esperaba. No se había atrevido Manuelita a encender luz; pero la de la luna entraba a oleadas por la reja, en la cual se apoyaba la muchacha ruborizada y acaso medio arrepentida ya, y alumbraba de lleno su rostro, haciéndole parecer más descolorido, del tono de los jazmines que lucía apiñados en el negro rodete. Marcelo se adelantó como el que camina en sueños, y al aproximarse a Manuelita, al rodear con los brazos el talle curvo que se doblegaba, al respirar con los labios el perfume de las blancas flores tan próximas a la mejilla fresca y a la garganta tornátil, su boca exhaló entre hondo suspiro, un nombre... ¡el nombre de "Jacinta"! Y al oírse, al repetir involuntariamente tal nombre, espantado, como si viese a una sierpe, se desprendió, retrocedió, se tambaleó y, al fin, huyó, subiendo la escalera a tientas y encerrándose en su dormitorio... donde pasó la noche entre remordimientos y lágrimas para salir a la madrugada camino de Córdoba, y desde Córdoba a París... ¿Comprenden ustedes el motivo de la conducta de Marcelo?

- Que para él sólo existía Jacinta. Manuelita no había existido nunca, sino por la pasajera realidad que le comunicó su parecido con "la otra" - respondimos algo impresionados, reflexionando a pesar nuestro.

- Exactamente... Veo que son ustedes perspicaces... Al pensar Marcelo que se libertaba de su criminal pasión, lo que hacía era recaer en ella de plano, satisfacerla, entregarse... ¿Y la belleza? Tan guapa era Manuela la cortijerita como Jacinta la dama. ¡Acaso más!

- Marcelo se me figura demasiado idealista - indicó Tresmes en tono desdeñoso.

- Todos lo somos... - declaró Donato -. Y la belleza, una idea, unas gotas de ilusión, para "uso interno"...

Memento

l recuerdo más vivaz de mis tiempos estudiantiles - dijo el doctor sonriendo a la evocación - no es el de varios amorcillos y lances parecidos a los que puede contar todo el mundo, ni el de ciertas mejillas bonitas cuyas rosas embalsamaron mis sueños. Lo que no olvido, lo que a cada paso veo con mayor relieve, es... la tertulia de mi tía Gabriela, doncella machucha, a quien acompañaban todas las tardes otras tres viejas apolilladas, igualmente aspirantes a la palma sobre el ataúd.

Reuníanse las cuatro, según he dicho, por la tarde, pues de noche las cohibían miedos, achaques y devociones, en el gabinetito, desde cuyas ventanas se divisaban los ricos ajimeces góticos y los altos muros de la catedral; y yo solía abandonar el paseo, a tal hora lleno de muchachas deseosas de escuchar piropos, para encerrarme entre aquellas cuatro paredes vestidas de un papel rameado que fue verde y ya era blancuzco, sentarme en la butaca de fatigados muelles, anchota y blandufa, al cabo también anciana, y recibir de una mano diminuta, seca, cubierta por la rejilla de un mitón negro, palmadita suave en el hombro, mientras una cascada voz murmuraba:

— Hola, ¿ya viniste, calamidad? Hoy se muere de gozo Candidita.

De las solteronas, Candidita era la más joven, pues no había cumplido los sesenta y tres. Según las crónicas de los remotos días en que Candidita lozaneaba, jamás descolló por su belleza.

Siempre tuvo el ojo izquierdo algo caído y las espaldas encorvadas en demasía. Lo que en ella pudo agradar fue su seráfica condición. Poseía Candidita en relación con su nombre de pila, alta dosis de credulidad y buena fe. Cuanta paparrucha inverosímil se me antojase inventar, la tragaba Candidita sin esfuerzo; en cambio, no había quién la convenciese de la realidad de picardía ninguna. Su alma rechazaba la maledicencia como se rechaza un elemento extraño, de imposible asimilación. Yo me divertía infinito disputando con Candidita cuando se negaba a dar crédito a maldades notorias... y al hacerlo sentía germinar en mi corazón una especie de ternura, un misterioso respeto por la inocente, que sin quitarse su traje de merino negro y sus zapatos de oreja, subiría al cielo al momento menos pensado.

Mi tía Gabriela, en cambio, era sagaz, lista como una pimienta. Su vida retirada, en una soñolienta ciudad de provincia le impedía conocer a fondo el mundo, y acaso exageraba las trastadas y gatuperios que en él se cometen, pero acercándose a la realidad y juzgando mil veces con maligno acierto. Preciada de su linaje, con pergaminos y sin talegas, la tía Gabriela era una señora a la vez modesta e imponente, chapada a la antigua, de alma más enhiesta que un lanzón; las otras tres solteronas parecían sus damas de honor antes que sus amigas.

Doña Aparición era la curiosidad de aquel museo arqueológico. Hermosa y mundana en sus verdores, conservaba, a los setenta y seis, golpes de coquetería y manías de adorno que hacían fruncir los labios a mi tía Gabriela, tan majestuosa con su liso hábito del Carmen. El peluquín de doña Aparición, con bucles y sortijillas de un rubio angelical; su calzado estrecho; sus guantes claros de ocho botones; sus trajes de seda a rayas verde y rosa; sus abanicos de gasa azul y el grupo de flores artificiales que prendía graciosamente su mantilla, nos daban harto que reír.

Como estaba semiciega y casi sorda, y la vestía su fámula, a lo mejor traía la peluca del revés, o en la nariz el toque de carmín de las mejillas o los guantes uno lila y otro pajizo; y como padecía de gota, el cepo de las botitas prietas llegaba a mortificarla tanto, que mi tía le prestaba unas holgadas pantuflas. En caso tal exclamaba infaliblemente doña Aparición: ¡"Jesús! Nunca me pasó cosa igual. Un pliegue de la media me desolló el talón... Es un fastidio tener tan fino el cutis."

No sería doña Peregrina, la cuarta solterona, la que se impusiese torturas para presumir de pie. Al contrario: se declaraba *sans façon*. Reducida a mezquina orfandad, compraba en los ropavejeros sus manteletas color de ala de mosca. Por lo demás, era mujer de empuje y brío, alta, gruesa, de una frescura rancia – si es lícito expresarse así –, viva de ojos y arrebatada de color, amiga de la broma, pero gazmoña a ratos, siempre dentro de la nota del buen humor y la marcialidad.

¡Cómo me festejaban esas cuatro señoras! Hay sitios adonde vamos atraídos, no por nuestro gusto, sino por el que damos a los demás. Diez años haría tal vez que las solteronas no veían de cerca un semblante juvenil. Mi presencia y mi asiduidad eran un rasgo de galantería de incalculable precio, que halagaba la nunca extinguida vanidad sentimental de la mujer. El mozo que quiera ganar buen nombre, sea amable con las viejecitas, con las desechadas, con las retiradas del juego. Las muchachas nada agradecen. Aquellas cuatro inválidas, con su manso charloteo, me crearon una reputación fabulosa de discreto, de galán, de simpático, de estudioso. A su manera, me allanaban el camino de una lúcida posición y de una boda brillante. En los exámenes yo podía contestar mal o bien, que segura tenía la nota: tal labor subterránea hacían mis solteronas con los catedráticos. En mi salud no cesaban de pensar "Vienes descolorido, Gabriel... ¿Qué tienes? ¡Ojo con las bribonas!" Y me enviaban remedios caseros, y piperetes y vinos cordiales, y reliquias milagrosas, y hasta sábanas, por si las de la posada no eran "de confianza" y "bien lavaditas".

A fin de animar la tertulia, se me ocurrió leer en alto versos y novelas románticas. Auditorio semejante no lo ha soñado ningún lector. Diríase que, para escuchar, hasta la respiración suspendían. Según avanzaba la lectura, crecía el interés. Una indignación, cómica a fuerza de ser ingenua, contra los traidores; un terror vivísimo cuando los buenos iban a caer en las emboscadas de los malos; un gozo pueril cuando la virtud salía triunfante... Las exclamaciones me interrumpían. "Ese pillo ¿se equivoca y toma el veneno? ¡Castigo de Dios!" "¡Ay, que si Gontrán entra en el bosque, encuentra al otro con el puñal! ¡Que no entre, que no entre!" "Jesús; al fin le da la puñalada!" "¡Infame!" "¿Ve usted cómo el niño que robó el titiritero era hijo de una princesa?" etcétera. En los episodios vehementes, cuando los amantes se dicen ternezas al claror de la luna, las solteronas se deshacían. Un leve sonrosado animaba las mejillas amarillentas; se humedecían los áridos ojos; los encogidos pechos anhelaban; aparecíase el bello fantasma de la lejana juventud, y un aura dulce y tibia agitaba un momento aquellos espíritus resignados, como el aire primaveral agita el polvo de una tierra seca y estéril.

Llegó el plazo en que yo tenía que emprender mi viaje a la corte, para cursar el doctorado. Di la noticia a mis solteronas, y aunque no podía sorprenderlas, no fue menor el efecto que produjo. Mi tía Gabriela, sin perder el compás de la dignidad, se puso temblona y me advirtió, en frases que revelaban verdadera ternura, que era preciso excusar a los viejos si se afectaban en las despedidas, porque no estaban seguros de volver a ver a los que partían. Doña Peregrina manoteó, protestó, bufó, me insultó y, al fin se echó a llorar como una fuente. Doña Aparición suspiró, alzó la vista al cielo y dijo, haciendo monerías: "Un joven de estas prendas..., naturalmente, ¡va a lucir en la corte! Mañana recibirá usted un alfiler de esmeraldas..., que fue de mi papá." Por su parte, Candidita, guardó silencio, y a poco se levantó asegurando que tenía que hacer una visita urgente. Aproveché el pretexto para abreviar la escena; salí con ella, la ayudé a ponerse el mantón y le ofrecí el brazo por la escalera de peldaños carcomidos.

De repente, en el primer descanso, escuché un ahogado sollozo; unos brazos endebles me rodearon el cuello y una cara fría como la nieve se pegó a mis barbas. Comprendí de súbito... y, créanlo ustedes, ¡me quedé más volado y más compadecido que si viese a mi propia madre de rodillas ante mí! Noté que Candidita pesaba como pesan los cuerpos inertes; la supuse desmayada y la arrimé al balaustre, tartamudeando lleno de piedad: "Adiós, adiós; ya sabe que se la quiere." Mas como no me soltaba, me encontré ridículo y la rechacé... Al hacerlo, me pareció que estaba degollando a una ovejuela enferma, y la lástima me obligó a volver atrás y corresponder al abrazo de Candidita con una caricia rápida y violenta, amorosa en el aspecto, filial y santa en la intención. Después eché a correr, y salí a la calle resuelto a no volver por la tertulia... ¡Ah, eso sí! La caridad tiene sus límites...

Y ahora, que también soy viejo yo, suelo acordarme de Candidita... ¡Pobre mujer!

La caja de oro

Siempre la había visto sobre su mesa, al alcance de su mano bonita, que a veces se entretenía en acariciar la tapa suavemente; pero no me era posible averiguar lo que encerraba aquella caja de filigrana de oro con esmaltes finísimos, porque apenas intentaba apoderarme del juguete, su dueña lo escondía precipitada y nerviosamente en los bolsillos de la bata, o en lugares todavía más recónditos, dentro del seno, haciéndola así inaccesible.

Y cuanto más la ocultaba su dueña, mayor era mi afán por enterarme de lo que la caja contenía. ¡Misterio irritante y tentador! ¿Qué guardaba el artístico chirimbolo? ¿Bombones? ¿Polvos de arroz? ¿Esencias? Si encerraba alguna de estas cosas tan inofensivas, ¿a qué venía la ocultación? ¿Encubría un retrato, una flor seca, pelo? Imposible: tales prendas, o se llevan mucho más cerca, o se custodian mucho más lejos: o descansan sobre el corazón o se archivan en un secrétaire bien cerrado, bien seguro... No eran despojos de amorosa historia los que dormían en la cajita de oro, esmaltada de azules quimeras, fantásticas rosas y volutas de verde ojiacanto.

Califiquen como gusten mi conducta los incapaces de seguir la pista a una historia, tal vez a una novela. Llámenme enhorabuena indiscreto, antojadizo y, por contera, entremetido y fisgón impertinente. Lo cierto es que la cajita me volvía tarumba, y agotados los medios legales, puse en juego los ilícitos, y heroicos... Mostreme perdidamente enamorado de la dueña, cuando sólo lo estaba de la cajita de oro; cortejé en apariencia a una mujer, cuando sólo cortejaba a un secreto; hice como si persiguiese la dicha... cuando sólo perseguía la satisfacción de la curiosidad. Y la suerte, que acaso me negaría la victoria si la victoria realmente me importase, me la concedió..., por lo mismo que al concedérmela me echaba encima un remordimiento.

No obstante, después de mi triunfo, la que ya me entregaba cuanto entrega la voluntad rendida, defendía aún, con invencible obstinación, el misterio de la cajita de oro. Desplegando zalameras coqueterías o repentinas y melancólicas reservas; discutiendo o bromeando, apurando los ardides de la ternura o las amenazas del desamor, suplicante o enojado, nada obtuve; la dueña de la caja persistió en negarse a que me enterase de su contenido, como si dentro del lindo objeto existiese la prueba de algún crimen.

Repugnábame emplear la fuerza y proceder como procedería un patán, y además, exaltado ya mi amor propio (a falta de otra exaltación más dulce y profunda), quise deber al cariño y sólo al cariño de la hermosa la clave del enigma. Insistí, me sobrepujé a mí mismo, desplegué todos los recursos, y como el artista que cultiva por medio de las reglas la inspiración, llegué a tal grado de maestría en la comedia del sentimiento, que logré arrebatar al auditorio. Un día en que algunas fingidas lágrimas acreditaron mis celos, mi persuasión de que la cajita encerraba la imagen de un rival, de alguien que aún me disputaba el alma de aquella mujer, la vi demudarse, temblar, palidecer, echarme al cuello los brazos y exclamar, por fin, con sinceridad que me avergonzó:

– ¡Qué no haría yo por ti! Lo has querido... pues sea. Ahora mismo, verás lo que hay en la caja.

Apretó un resorte; la tapa de la caja se alzó y divisé en el fondo unas cuantas bolitas tamañas como guisantes, blanquecinas, secas. Miré sin comprender, y ella, reprimiendo un gemido, dijo solemnemente:

– Esas píldoras me las vendió un curandero que realizaba curas casi milagrosas en la gente de mi aldea. Se las pagué muy caras, y me aseguró que, tomando una al sentirme enferma, tengo asegurada la vida. Sólo me advirtió que si las apartaba de mí o las enseñaba a alguien, perdían su virtud. Será superstición o lo que quieras: lo cierto es que he seguido la prescripción del curandero, y no sólo se me quitaron achaques que padecía (pues soy muy débil), sino que he gozado salud envidiable. Te empeñaste en averiguar... Lo conseguiste... Para mí vales tú más que la salud y que la vida. Ya no tengo panacea; ya mi remedio ha perdido su eficacia; sírveme de remedio tú; quiéreme mucho, y viviré.

Quedeme frío. Logrado mi empeño, no encontraba dentro de la cajita sino el desencanto de una superchería y el cargo de conciencia del daño causado a la persona que, al fin, me amaba. Mi curiosidad, como todas las curiosidades, desde la fatal del Paraíso hasta la no menos funesta de la ciencia contemporánea, llevaba en sí misma su castigo y su maldición. Daría entonces algo bueno por no haber puesto en la cajita los ojos. Y tan arrepentido que me creí enamorado; cayendo de rodillas a los pies de la mujer que sollozaba, tartamudeé:

— No tengas miedo... Todo eso es una farsa, un indigno embuste... El curandero mintió... Vivirás, vivirás mil años... Y aunque hubiesen perdido su virtud las píldoras, ¿qué? Nos vamos a la aldea, y compramos otras... Todo mi capital le doy al curandero por ellas.

Me estrechó, y sonriendo en medio de su angustia, balbuceó a mi oído:

— El curandero ha muerto.

Desde entonces, la dueña de la cajita — que ya no la ocultaba ni la miraba siquiera, dejándola cubrirse de polvo en un rincón de la estantería forrada de felpa azul — empezó a decaer, a consumirse, presentando todos los síntomas de una enfermedad de languidez, refractaria a los remedios. Cualquiera que no me tenga por un monstruo supondrá que me instalé a su cabecera y la cuidé con caridad y abnegación. Caridad y abnegación digo, porque otra cosa no había en mí para aquella criatura de quien había sido verdugo involuntario. Ella se moría, quizá de pasión de ánimo, quizá de aprensión, pero por mi culpa; y yo no podía ofrecerle, en desquite de la vida que le había robado, lo que todo lo compensa: el don de mí mismo, incondicional, absoluto.

Intenté engañarla santamente para hacerla dichosa, y ella, con tardía lucidez, adivinó mi indiferencia y mi disimulado tedio, y cada vez se inclinó más hacia el sepulcro.

Y al fin cayó en él, sin que ni los recursos de la ciencia ni mis cuidados consiguiesen salvarla. De cuantas memorias quiso legarme su afecto, sólo recogí la caja de oro. Aún contenía las famosas píldoras, y cierto día se me ocurrió que las analizase un químico amigo mío, pues todavía no se daba por satisfecha mi maldita curiosidad. Al preguntar el resultado del análisis, el químico se echó a reír.

– Ya podía usted figurarse – dijo – que las píldoras eran de miga de pan. El curandero (¡si sería listo!) mandó que no las viese nadie..., para que a nadie se le ocurriese analizarlas. ¡El maldito análisis lo seca todo!

La sirena

No es posible pintar el cuidado y desvelo con que la ratona madre atendió a su camada de ratoncillos. Gordos y lucios los crió, y alegres y vivarachos, y con un pelaje ceniciento tan brillante que daba gozo; y no queriendo dejar lo divino por lo humano, prodigó a sus vástagos avisos morales, sabios y rectos, y los puso en guardia contra las asechanzas y peligros del pícaro mundo. "Serán unos ratones de seso y buen juicio", decía para sí la ratona, al ver cuan atentamente la oían y cómo fruncían plácidamente el hociquillo en señal de gustosa aprobación.

Mas yo os contaré aquí, muy en secreto, que los ratoncillos se mostraban tan formales porque aún no habían asomado la cabeza fuera del agujero donde los agasajaba su mamá. Practicada en el tronco de un árbol la madriguera, los cobijaba a maravilla, y era abrigada en invierno y fresca en verano, mullida siempre, y tan oculta, que los chiquillos de la escuela ni sospechaban que allí habitase una familia ratonil.

Sin embargo, de los tres de la nidada, uno ya empezaba a desear sacar el hocico, a soñar con retozos, deportes y correteos por el verde prado que al pie del árbol se extendía alegre e incitante, esmaltado de varias flores y bullente de insectos, mariposas y reptiles. "Me gustaría por los gustares bajar ahí", pensaba el joven ratón, sin atreverse a decirlo en voz alta, de puro miedo, a su madre. Un día que se le escapó alguna señal de su deseo, la madre exclamó trémula de espanto: "Ni en broma lo digas, criatura. Si no quieres que me disguste mucho, no vuelvas a hablar de salir al prado".

¿Creeréis que la prohibición le quitó al ratoncillo las ganas? ¡Bah! Ya sabéis que las prohibiciones son espuela del antojo. No atreviéndose a bajar aún el antojadizo, se pasaba las horas muertas mirando al prado deleitable. ¡Qué bueno sería trotar por entre aquella hierba suave y perfumada! ¡Qué simpático remojarse en el limpio arroyuelo que bañaba de aljófar las raíces de sauces y mimbreras! ¡Qué divertido dar caza a los viboreznos y lagartijas que se deslizaban estremeciendo el follaje y haciendo relumbrar al sol los tonos metálicos de su elegante cuerpo! ¿Por qué, vamos a ver, por qué prohibía tan inocentes recreos la madre ratona?

Un día que la mamá había salido, según costumbre, en busca de sustento para su prole, el hijo se asomó al agujero, echando más de la mitad del tronco fuera. De pronto sintió como un choque eléctrico y vio que cruzaba por el prado un ser encantador. Era ni más ni menos que una gatita blanca como la nieve, que fijaba en el ratoncillo sus anchas pupilas de esmeralda.

Quedose el ratón fascinado, absorto. Nunca había visto cosa más linda que la tal gata blanca. ¡Qué gracia y gentileza en sus movimientos, qué soltura en su flexible andar, qué monería en su cara picaresca, y qué virginal candor en su ropaje de armiño! ¡Y qué decir de aquellos ojos verdes con reflejos áureos, aquellos ojos cuyo mirar derretía, incendiaba el corazón!

A no estar tan próxima la hora en que solía regresar a la guarida la madre, el ratón se hubiese arrojado sin vacilar de su nido para acercarse a la preciosa gata. Le contuvieron el temor y el hábito de obedecer, que siempre reprime un tanto, al principio, los ímpetus rebeldes; pero lo que no acertó a sujetar fue su lengua, y loco de entusiasmo refirió a la mamá cómo le tenía fuera de sí la aparición de la gata celeste.

– Qué, ¿has visto a ese monstruo? – exclamó la madre.

– ¡Monstruo una criatura tan encantadora! – suspiró el ratoncillo.

– Monstruo horrible, el más funesto, el más sanguinario, el más atroz que, por tu negra suerte, pudiste encontrar. Huye de él, hijo mío, como del fuego; mira que en huir te va la vida; mira que tu padre pereció en las garras de esa maldita fiera, y que todas mis lágrimas son obra suya.

– Madre – repuso atónito el ratoncillo –, apenas puedo creer lo que me aseguras. El agua que corre limpia y clara entre las flores del prado no tiene los matices de aquellos ojos cándidos, ya verdes, ya azulados, siempre dulces, donde siempre juega misteriosamente la luz. Los pétalos de las azucenas y de los lirios del valle ceden en blancura a su nevada piel, que debe de ser más suave que el terciopelo y más flexible que la seda. ¿Cómo quieres que vea un monstruo sanguinario y horrible en la gata? ¡Ay, madre!, desde que la contemplé, sólo en ella pienso. Cuanto no es ella, me parece indigno de existir. Antes me gustaban el prado, y el cielo, y los árboles. Ahora todo me cansa y todo lo desprecio. Madre, cúrame de este mal, porque me siento tan triste que creo que se me va a acabar la vida.

Ya supondréis que la pobre ratona haría cuanto cabe para distraer y aliviar a su retoño. A fin de cambiar sus pensamientos en otros más lícitos, llevole al agujero de unas ratas algo parientas suyas, jóvenes, ricas y honradas, que vivían royendo el trigo del repleto granero; pero el ratón se aburría de muerte entre los montones de grano, en la oscuridad de la troj, y echaba de menos el prado, que iluminaba, antes que el sol, la presencia de la gata blanca. Porque ya varias veces la había visto pasar juguetona y ligera, fijando sus radiantes pupilas en las inaccesibles alturas del árbol, y siempre que la gata aparecía, el ratón sentía ensanchársele la vida y escapársele el alma - sí, el alma, porque el amor hasta en las bestias la infunde - detrás de aquella maga de los verdes ojos.

No hubiese querido la ratona en tan críticas circunstancias separarse un minuto de su hijo; pero era forzoso salir a cazar, a procurar subsistencia para la familia, y llegó una mañana en que habiendo madrugado la ratona a dejar el nido antes de que amaneciese, el joven ratón, pensativo y melancólico, se asomó al agujero para ver nacer el día. Recta faja dorada franjeó el horizonte; poco a poco la bruma se rasgó y fue absorbiéndose en la clara pureza del cielo, por donde el sol ascendía como una rosa de oro pálido; los pajaritos saludaron su gloriosa luz con un himno de alegría alborozada y triunfal, y sobre la hierba, aljofarada aún de rocío, como sobre una red de diamantes, mostrose pasando con aristocrática delicadeza y remilgada precaución la hermosa gata blanca.

Exhaló el ratón un chillido de júbilo; la gata le miraba, parecía llamarle, invitarle a que descendiese. "¿Quieres jugar conmigo?", preguntole él, sin reflexionar, sin acordarse para nada de las maternales advertencias. "Baja", pareció contestar con sus ojos misteriosos la gatita.

Y el ratón bajó aprisa, disparado, ebrio de felicidad, y el juego dio principio, con muchos saltos y carreras. Fingía huir la gata, escondíase entre sauces y mimbres, y cuando el ratón se cansaba de perseguirla, ella se dejaba caer sobre la muelle alfombra del prado, y, escondiendo las uñas, recibía con las patitas de terciopelo al ratón, y ya le despedía, en broma, y ya le estrechaba, retozando, en deleitosa mezcla e indescifrable confusión de tratamiento ásperos y dulces.

Nunca sabía el ratón, en aquel juego de veleidades, si iba a ser acogido con demostración tierna y mimosa o con fiero y desdeñoso zarpazo; y en los amados ojos de la esfinge tan pronto veía piélagos de voluptuosidad y relámpagos de risa, como destellos de ferocidad y chispazos sombríos y crueles. Más de una vez creyó notar que las patitas blandas y muertas se crispaban de súbito, y que bajo lo afelpado de la piel surgían uñas de acero. ¡Y cosa rara! No bien pensaba advertir síntomas tan alarmantes, el ratón cerraba los párpados y volvía gozoso y tembloroso a solazarse con la gata blanca.

Duraba aún el juego, cuando, por la tarde, regresó la ratona y vio de lejos la escena y a su hijo mano a mano con el monstruo. Llorando y desesperada, gritole desde lejos: "¡Hijo mío, que te pierdes!" El ratón, por supuesto, no le hizo maldito caso. ¡Sí, para oír consejos estaba él! Subido al quinto cielo, nunca el juego le había encantado más. La gata, por el contrario, empezaba a fatigarse y a sospechar que había perdido bastante tiempo con un ratoncillo de mala muerte; y al notar que iba a ponerse el sol, que se hacía tarde, sin modificar apenas su actitud, siempre graciosa y juguetona, como el que no hace nada, torció la cabeza, aseguró con la boca al ratoncillo, hincó los agudos dientes..., y lo lanzó al aire palpitante y moribundo, para recibirlo en las uñas, tendidas con violencia feroz...

A punto que una nube de sangre cubría ya los ojos del desdichado, y el delirio de la agonía ofuscaba sus sentidos, todavía pudo oírse como murmuraba débilmente: "¿Quieres jugar conmigo, gatita blanca?"

Por eso su madre hizo mal en llorar amargamente al incauto ratón. ¡El expiró tan satisfecho, tan a gusto!

Así y todo...

La sanción penal para la mujer – dijo en voz incisiva Carmona, aficionado a referir casos de esos que dan escalofríos – es no encontrar hombre dispuesto a ofrecerle mano de esposo. Una imperceptible sombra, un pecadillo de coquetería o de ligereza, cualquier genialidad, la más leve impremeditación, bastan para empañar el buen nombre de una doncella, que podrá ser honestísima, pero que, cargada con el sambenito, ya se queda soltera hasta la consumación de los siglos, sin remedio humano. Sucediendo así, ¿cómo se explica que infinitas mujeres notoriamente infames y con razón difamadas, si cien veces enviudan, otras ciento hallan quien las lleve al altar? Para probarles este curioso fenómeno, les contaré un suceso presenciado allá en mis mocedades, que me produjo impresión tan indeleble, que jamás en toda mi vida me ocurrió la idea de casarme. Sí; por culpa de aquella historia moriré soltero, y no me pesa, bien lo sabe Dios.

El lance pasó en M***, donde estaba de guarnición uno de los regimientos más lucidos del Ejército español, que por su arrojo y decisión en atacar había merecido el glorioso sobrenombre de el adelantado. Era yo entrañable amigo del teniente Ramiro Quesada, mozo de arrogante figura y ardorosa cabeza, uno de esos atolondrados simpáticos, a quienes queremos como se quiere a los niños. No salía Ramiro sin mí; juntos ibamos al teatro, a los saraos, a las juergas - que ya existían entonces, aunque las llamásemos de otro modo - ; juntos dábamos largos paseos a caballo, y juntos hacíamos corvetear a nuestras monturas ante las floridas rejas. Nos confiábamos nuestros amoríos, nuestros apurillos de dinero, nuestras ganancias al juego, nuestros sueños y nuestras esperanzas de los veinticinco años. No éramos él ni yo precisamente unos anacoretas, pero tampoco unos perdidos; muchachos alegres, y nada más.

De repente noté que Ramiro se volvía huraño, y retrayéndose de mi trato y compañía se daba a andar solo, como si tuviese algo que le importase encubrir. Vano intento, porque en M*** no caben tapujos. Poco tardamos en averiguar la razón del cambio de carácter del teniente. La clave del enigma no era sino la esposa del capitán Ortiz, una de esas hembras que no calificaré de muy hermosa, pero peores que si lo fuesen: morena, menuda, salerosa al andar, descolorida, de ojos que parecían candelas del infierno y una cintura redonda de las que se pueden rodear con una liga. Ortiz, al parecer (y con motivo, pero sin fruto) era extremadamente celoso, y Ramiro, para avistarse con su tormento, necesitaba emplear ardides de prisionero o de salvaje. El día en que se le frustraba una cita o se le malograba furtivo coloquio en la reja que abría sobre una callejuela oscura y solitaria, estaba el pobre muchacho como demente; ni contestaba si le hablábamos. Aunque yo no alardease de moralista, ni tuviese autoridad para aconsejar, y menos en tales materias, declaro que las relaciones ilícitas de mi amigo me desazonaban mucho, y un presentimiento – lo llamo así porque no sé cómo definir el disgusto y la inquietud que sentía – me anunciaba que algo grave, algo penoso debía acarrearle a Ramiro aquellos malos pasos. Con todo, lejos estaba – a mil leguas – de suponer la tragedia que aconteció.

Cierta mañana esparciose por M*** la nueva de que el capitán Ortiz había sido encontrado muerto, con un balazo en el pecho y otro en la cabeza, casi a las puertas de su domicilio, cerca de la esquina donde se abría la callejuela lóbrega. En los primeros momentos no me asaltó la terrible sospecha; creía a Ramiro noble y leal, y sólo cuando el rumor público le señaló, comprendí que únicamente él, poseído del demonio, podía haber realizado la obra de tinieblas...

A las pocas horas de descubrirse el cadáver, Ramiro fue preso. Reuniose el Consejo de guerra, y la causa marchó con la fulminante rapidez que caracteriza a la Justicia militar, estimulada por la voluntad expresa del capitán general, que deseaba se cumpliesen a rajatabla las prescripciones legales y se enterrasen a la vez a la víctima y al asesino. Al pronto Ramiro intentó negar; pero dos o tres frases de indignación del fiscal provocaron en él un arranque de altiva franqueza, y confesó de plano que a traición había disparado dos pistoletazos, la noche anterior, al capitán Ortiz.

En cuanto a los móviles del crimen, juró y perjuró que no eran otros sino ofensas de jefe a subalterno, rencores por cuestiones de servicio. Llamada a declarar la esposa de Ortiz, compareció de negro, impávida, y aseguró que apenas conocía al asesino de vista. Este, sin pestañear, confirmó la declaración de la señora; y hallándose el reo convicto y confeso, y no habiendo tiempo ni necesidad de más averiguaciones, se pronunció la sentencia de muerte, y Ramiro entró en capilla a las tres de la tarde, para ser arcabuceado al rayar el siguiente día, a las treinta horas del crimen...

No necesito decir que en la capilla me constituí al lado de mi amigo, que demostraba estoica entereza. Sabiendo cuánto alivia una confidencia, un desahogo, le dirigí preguntas afectuosas, llenas de interés; pero el reo se encerró en un silencio sombrío y noté que tenía los ojos tenazmente fijos en la puerta de la capilla, como en espera de que diese paso a alguien... ¡Lo que esperaba él sin ventura - no necesité para adivinarlo gran perspicacia era la llegada de la mujer por quien iba a beber el amargo trago! Sin duda que ella no podía faltar; no podía negarle el supremo consuelo de la despedida, sin duda, el sordo ruido de pasos que resonaba en la antecámara era el de los suyos, que hacían vacilantes el miedo y el dolor... Pero corrió la tarde, empezaron a transcurrir lentas y solemnes las horas de la última noche, y la esperanza abandonó al sentenciado. El sacerdote que le exhortaba y había de absolverle y darle la sagrada Comunión antes que el sol asomase en el horizonte se retiró un momento a descansar, y sólo yo con Ramiro, comprendí que por fin se abrían sus lívidos labios.

- Hace un momento sentía que "ella" no viniese - murmuró, cogiéndome las manos entre las suyas abrasadoras - ; ahora me alegro. Ya que me cuesta la vida, que no me cueste también el alma. ¿Que cómo hice la atrocidad, el cobarde asesinato de Ortiz? Mira, casi no lo sé. Me parece que quien cometió esa acción villana no fue Ramiro Quesada, sino otra persona, un hombre distinto de mí, que se me entró en el cuerpo. ¿Te acuerdas de lo alegre de lo franco que era yo? Desde que me acerqué a... esa mujer... me volví otro. Estaba embrujado... Su marido, a quien ofendíamos, me parecía mi enemigo personal, el obstáculo a nuestra felicidad; le odiaba... creo que más de lo que la amaba a ella. Así que ella lo notó..., ¡guárdame siempre el secreto!, ¡no lo digas ni a tu madre!, empezó a insinuarme, con medias palabras, la posibilidad del crimen. No hablábamos claro de ese asunto, pero nos entendíamos perfectamente; formábamos planes de retirarnos al campo después, y hasta (mira qué detalle) ella se compró un traje negro nuevo, diciendo que "eso siempre sirve". Como un tornillo se fijó en mi cerebro el propósito del crimen. Y así que ella me vio resuelto, se franqueó, me exaltó más, me ofreció que compartiría mi destino, fuese el que fuese...

Aquí se detuvo Ramiro, y vi que se alteraba más profundamente su rostro. Con voz húmeda, murmuró:

- Yo no quería tanto... ¡Compartir mi destino! Ya ves que ante el Consejo he logrado salvarla... Prefiero morir solo... Pero verla aquí, un momento... antes de... Al fin, si fui asesino, lo secrétaire por ella, sólo por ella... ¡Maldita sea mi suerte! Si no conozco a esa mujer, soy siempre honrado, y tal vez me matan defendiendo a la Patria. ¡El sino del hombre!

– ¿Y le fusilaron? – preguntamos ansiosos.

– ¡Pues no! Según deseaba el general, a un tiempo se cavó la hoya del marido y la del amante. Yo, después del horrible día, me marché de M*** donde me consumía el tedio. Al volver, pasados cinco años, tuve curiosidad de saber qué había sido de la esposa del capitán Ortiz..., y aquí de lo que decíamos; supe que vivía tranquila, casada en segundas nupcias con un acaudalado caballero. Sin embargo, en M*** era pública la causa del triste fin de Ramiro...

Acabó así su relato Carmona, y vimos que inclinaba la cabeza, abrumado por memorias crueles.

La cabellera de Laura

adre e hija vivían, si vivir se llama aquello, en húmedo zaquizamí, al cual se bajaba por los raídos peldaños de una escalera abierta en la tierra misma: la claridad entraba a duras penas, macilenta y recelosa, al través de un ventanillo enrejado; y la única habitación les servía de cocina, dormitorio y cámara.

Encerrada allí pasaba Laura los días, trabajando afanosamente en sus randas y picos de encaje, sin salir nunca ni ver la luz del sol, cuidando a su madre achacosa y consolándola siempre que renegaba de la adversa fortuna. ¡Hallarse reducidas a tal extremidad dos damas de rancio abolengo, antaño poseedoras de haciendas, dehesas y joyas a porrillo! ¡Acostarse a la luz de un candil ellas, a quienes habían alumbrado pajes con velas de cera en candelabros de plata! No lo podía sufrir la hoy menesterosa señora, y cuando su hija, con el acento tranquilo de la resignación, le aconsejaba someterse a la divina voluntad, sus labios exhalaban murmullos de impaciencia y coléricas maldiciones.

Como siempre los males pueden crecer, llegó un invierno de los más rigurosos, y faltó a Laura el trabajo con que ganaba el sustento. A la decente pobreza sustituyó la negra miseria; a la escasez, el hambre de cóncavas mejillas y dientes amarillos y largos.

Entonces, con acerba ironía, la madre se mofó de Laura, que pensaba, la muy ñoña y la muy necia, asegurar el pan por medio de labor incesante y constantes vigilias. ¡Valiente pan comería así que se quedase ciega! Saldría con un perrito a pedir limosna... ¡Ah, si no fuese tan boba y tan mala hija - teniendo aquel talle, aquel rostro y aquella mata de pelo como oro cendrado, que llegaba hasta los pies - , no dejaría que su madre se desmayase por falta de alimento! Al oír estas insinuaciones, Laura se estremeció de vergüenza y quiso responder enojada; pero recordando que su madre estaba en ayunas desde hacía muchas horas, se cubrió el rostro con las manos y rompió a sollozar. De pronto, como quien adopta una resolución súbita y firme, púsose en pie, se envolvió en un ancho capuchón de lana oscura y salió a la calle, que raras veces pisaba, convencida de que el retiro es la salvaguardia del recato. Sin titubear fue en dirección de un tenducho que había entrevisto y donde creía poder feriar el solo tesoro de que estaba secretamente envanecida y orgullosa. Era dueña del baratillo la astuta vieja Brasilda - gran componedora de voluntades con ribetes de hechicera - , y muy encubierto el rostro, entró Laura en la equívoca mansión.

Como Brasilda preguntase maliciosamente qué traía a vender la tapada y gallarda moza, Laura, sin dejar de esconder el semblante en un pliegue del manto, bajo el capuz, se volvió de espaldas y mostró tendida la espléndida cabellera rubia, brillante y suave más que la seda, y que, con magnífico alarde, rebosando de la orla de la saya, barría el suelo.

– Esto vendo en diez escudos – exclamó – , y córtese ahora mismo.

Convenía la proposición a la vieja, porque la mata de pelo daba para muchas pelucas y postizos, y, asiendo unas tijeras segó la copiosa melena. Al observar que la moza seguía encubriendo el rostro, y creyendo advertir que lloraba muy bajo, silvó a su oído:

– Si eres doncella y tan hermosa como promete tu cabello, aquí te esperan, no diez escudos, sino cien o doscientos, cuando te venga en voluntad.

Recogió Laura el dinero y alejose sin responder palabra; en la puerta se cruzó con un caballero de buen talle y porte, que no reparó en ella; Laura sí le miró a hurtadillas, y, sin querer, le encontró galán. El caballero que penetraba en la mansión de la bruja era don Luis de Meneses, el mozo más rico, libre y desenfrenado de toda la ciudad, el cual no visitaba a humo de pajas a la madre Brasilda, sino que acudía allí como el cazador, a que le señalen do está la caza, y se la ojeen y acorralen para asegurarla y matarla a gusto.

Después de un rato de conversación, don Luis divisó la soberana cabellera rubia que sobre un paño blanco había extendido la vieja, y en la cual los destellos del velón, siempre encendido en las oscuridades del tenducho, rielaban como en lago de oro.

– ¿De qué mujer es ese pelo? – preguntó, sorprendido, el galán.

– A fe que no lo sé, hijo – contestó la vieja –. Una moza acaba de estar aquí, muy airosa de cuerpo, pero tapadísima de cara, que no logré vérsela; vendiome esa mata, cobró, y con extraño misterio se fue un minuto antes que entrases...

– ¿Por que no la seguiste, buena pieza?...

– Porque sin duda ella está más pobre que las arañas, y volverá a ganar los cien escudos que le ofrecí...

– ¡Bruja condenada! Ese pelo es mío, y la mujer también, si aparece.

Y don Luis aflojó la bolsa, cogió delicadamente el paño y el tesoro que contenía y, ocultándolo bajo el capotillo, se volvió a su casa.

Desde aquel día realizose en don Luis un cambio sorprendente. Renunciando a sus galanteos y aventuras, olvidando el juego, las burlas y los desafíos, pareció otro hombre. Se le veía, eso sí, en la calle, en el paseo, en las iglesias; sus ojos ávidos registraban y escudriñaban sin cesar, buscando algo que le importaba mucho; pero al anochecer se recogía, y en vida honesta y arreglada no tenían que reprenderle los devotos viejos, de grave apostura y rosario gordo. No faltó quien dijese que el mozo, tocado de la gracia, andaba en meterse capuchino; y es que ni sabían, ni podían sospechar, que don Luis estaba enamorado, ciegamente enamorado, de la cabellera rubia.

Habiéndola colocado respetuosamente, atada con lazo de seda, en un cojín de tisú de plata, se pasaba ante ella las horas muertas, ya besándola en ideal éxtasis de devoción, como a venerada reliquia, ya estrujándola con frenesí de amante que quisiera despedazar y morder lo mismo que adora. Exaltada la imaginación de don Luis por la vista de aquella cascada de oro, de aquella crin en que Febo parecía haber dejado presos sus rayos juguetones, y de la cual se desprendía un aroma vivo, un olor de juventud y de pureza, fantaseaba el tronco a que tal follaje correspondía y adivinaba la mata larguísima, caudalosa, perfumada, cayendo en crenchas y vedijas sobre unas espaldas de nieve, sobre unas formas virginales de rosa y nácar, o rodeando, como nimbo de santa imagen, un rostro de angelical expresión, en que, se abrían las flores azules de los luminosos ojos. Había ideas y recelos que enloquecían al soñador amante. ¿Quién sabe si la infeliz hermosa, después de vender su cabello por conservar la honestidad, había tenido que perder la honestidad por conservar la vida?

Con la fatiga de tal pensamiento, don Luis aborrecía el comer, se consumía de rabia y se abrasaba en extraños celos. Hecho un azotacalles, no cesaba de inquirir, pretendiendo ver al través de todos los postigos y calar todas las rejas y celosías. ¡Trabajo perdido! Ninguna cabeza juvenil cubierta de sortijas doradas y cortas de aquel matiz único, incomparable, se ofrecía a sus ojos. Don Luis adelgazaba, se desmejoraba, estaba a pique de desvariar cada vez que la vieja hechicera Brasilda, aturdida y desconsolada, repetía lazando las manos secas:

—Bruja será también la del cabello de oro, y habrase untado y volado por la chimenea... No parece, hijo, no parece por más que me descuajo buscándola...

Perdido ya de amores don Luis, como hombre a quien le han dado extraño bebedizo, llegó al caso de temer morirse de pasión y furia celosa, y apretando al corazón la cabellera, cuyas roscas le acariciaban las manos febriles, hizo un voto: "Que encuentre a tu dueña, y sea rica o pobre, buena o mala, noble o de plebeya estirpe, con ella me casaré. Pongo por testigo a este Crucifijo que me escucha". Después del voto, lleno de esperanza y de ilusión, salió don Luis a la calle, y, al oscurecer, como fuese muy embozado, le paró cerca de su puerta una pobre, envuelta y cubierta con un viejísimo capuz de lana.

– Señor caballero – decía en voz lastimera y humilde –, ¿necesitan por casa de su merced una labrandera buena y diligente? No hay donde trabajar, y mi madre no tiene qué comer.

– Esa es mi casa – respondió distraídamente don Luis, que pensaba en sus fantásticos amores –; ven mañana que tendrás harta labor... Toma a cuenta – y deja en la mano tendida un escudo.

Al otro día, Laura, sentada en el hueco de una reja de la casa de don Luis, con una canastilla de ropa blanca delante, cosía en silencio, sin tomar parte en la charla de las dueñas; sufría al dejar su morada, su enferma, su retiro; la fatiga encendía sus mejillas antes pálidas. Entraban por la reja los dardos del sol, y se prendían en los anillos, cortos y sedosos como plumón de pajarito nuevo, de la cabeza descubierta, que no velaba el capuz. Y, casualmente, pasó don Luis tan absorto que ni miró a la joven labrandera. Pero ella, reconociendo en don Luis al caballero galán de quien no había cesado de acordarse – el que vio cuando salía de vender su cabellera en casa de la bruja –, exhaló un grito involuntario... Al oírlo, volviose don Luis, y, cruzando las manos, creyó que alguna aparición del cielo le visitaba, pues reconoció el matiz único de la melena rubia en la ensortijada testa que bañaba el sol... Y dirigiéndose a las dueñas y a las mozas de servicio, con imperio y ufanía, dijo solemnemente: – No labréis más; hoy es día de fiesta: saludad a vuestra señora...

Delincuente honrado

De todos los reos de muerte que he asistido en sus últimos instantes – nos dijo el padre Téllez, que aquel día estaba animado y verboso –, el que me infundió mayor lástima fue un zapatero de viejo, asesino de su hija única. El crimen era horrible. El tal zapatero, después de haber tenido a la pobre muchacha rigurosamente encerrada entre cuatro paredes; después de reprenderla por asomarse a la ventana; después de maltratarla, pegándole por leves descuidos, acabó llegándose una noche en su cama y clavándole en la garganta el cuchillo de cortar suela. La pobrecilla parece que no tuvo tiempo ni de dar un grito, porque el golpe segó la carótida. Esos cuchillos son un arma atroz, y al padre no le tembló la mano; de modo que la muchacha pasó, sin transición, del sueño a la eternidad.

La indignación de las comadres del barrio y de cuantos vieron el cadáver de una criatura preciosa de diecisiete años, tan alevosamente sacrificada, pesó sobre el Jurado; y como el asesino no se defendía y parecía medio estúpido, le condenaron a la última pena. Cuando tuve que ejercer con él mi sagrado ministerio, a la verdad, temí encontrar detrás de un rostro de fiera, un corazón de corcho o unos sentimientos monstruosos y salvajes. Lo que vi fue un anciano de blanquísimos cabellos, cara demacrada y ojos enrojecidos, merced al continuo fluir de las lágrimas, que poco a poco se deslizaban por las mejillas consumidas, y a veces paraban en los labios temblones, donde el criminal, sin querer, las bebía y saboreaba su amargor.

Lejos de hallarle rebelde a la divina palabra, apenas entré en su celda se abrazó a mis rodillas y me pidió que le escuchase en confesión, rogándome también que, después de cumplir el fallo de la Justicia, hiciese públicas sus revelaciones en los periódicos, para que rehabilitasen su memoria y quedase su decoro como correspondía. No juzgué procedentes acceder en este particular a sus deseos; pero hoy los invoco, y me autorizan para contarles a ustedes la historia. Procuraré recordar el mismo lenguaje de que él se sirvió, y no omitiré las repeticiones, que prueban el trastorno de su mísera cabeza:

— Padre confesor — empezó por decir —, ante todo sepa usted que yo soy un hombre decente, todo un caballero. Esa niña... que maté... nació al año de haberme casado. Era bonita, y su madre también... ¡ya lo creo!, preciosa, que daba gloria el mirarla. Yo tenía ya algunos añitos..., y ella, una moza de rumbo, más fresca que las mismas rosas. Digo la madre, señor; digo su madre, porque por la madre tenemos que principiar. Los hijos, así como heredan los dineros del que los tiene... heredan otras cosas... Usted, que sabrá mucho, me entenderá. Yo no sé nada, pero..., ¡a caballero no me ha ganado nadie!

La madre..., yo me miraba en sus ojos, porque la quería de alma, según corresponde a un marido bueno. Le hacía regalos; trabajaba día y noche para que tuviese su ropa maja y su mantón y sus aretes, y sobre todo... ¡porque eso es antes!, a diario su puchero sano, y cuando parió, su cuartillo de vino y su gallina... No me remuerde la conciencia de haberle escatimado un real. Ella era alegre y cantaba como una calandria, y a mí se me quitaban las penas de oírla. Lo malo fue que como le celebraron la voz y las coplas, y empezaron a arremolinarse para escucharla, y el uno que llega y el otro que se pega, y éste que encaja una pulla, y aquél que suelta un requiebro... en fin, vi que se ponía aquello muy mal, y le dije lo que venía al caso. ¿Sabe usted lo que me contestó? Que no lo podía remediar, que le gustaba el gentío, y oír cómo la jaleaban, que cada cual es según su natural, y que no le rompiese la cabeza con sermones... De allí a un mes (no se me olvida la fecha, el día de la Candelaria) desapareció de casa, sin dar siquiera un beso a la niña..., que tenía sus cinco añitos y era como un sol.

- Aquí - intercaló el padre Téllez - tuvo una crisis de sollozos, y por poco me enternezco yo también, a pesar de que la costumbre de asistir a los reos endurece y curte. Le consolé cuanto era posible, le di a beber un trago de anís, y el desdichado prosiguió:

- Supe luego que andaba por los coros de los teatros, y sabe Dios cómo... Y lo que más me barajaba los sesos, ¡por qué la honra trabaja mucho!, era que me decían los amigos, al pasar delante de mi obrador: "No tienes vergüenza... Yo que tú, la mato". De tanto oírlo, se me pegó el estribillo, y mientras batía suela, ¡tan, tan, catán!, repetía en alto: "No tengo vergüenza... ¡Había que matarla!" Sólo que ni la encontré en jamás, ni tuve ánimos para echarme en su busca. Y así que pasaron tres años, nadie me venía con que la matase, porque ella rodaba por Andalucía, hasta que se la llevaron a América..., ¡qué sé yo adonde! ¡Si vive y lee los diarios y ve cómo murió su hija...!

El reo tuvo un ataque de risa convulsiva, y le sosegué otra vez a fuerza de exhortaciones y consejos.

— Así que se me quitó de la imaginación la madre, empecé a cuidar de la niña. No tenía otra cosa para qué mirar en el mundo. Me propuse que no había de perderse, ni arrimarme otro tiznón, y no la dejé salir ni al portal. Aunque me dijese, es un verbigracia: "Padre, tengo ganas de correr", o "Padre, me pide el cuerpo ir a la plazuela", nada, yo sujetándola, que se divirtiese con su canario, o con los pliegos de aleluyas, o con la maceta de albahaca, pero ¡sin sacar un dedo fuera! Y así que fue espigando, y me hice cargo de que era muy bonita, tan bonita como su madre, y parecida a ella como una gota a otra gota... y con una voz de ángel también, se me abrieron los ojos de a cuarta, y dije: "No, lo que es tú... no has de echarme el borrón".

Y me convertí en espía, y la velé hasta el sueño, y no contento con guardarla dentro de casa, me paseaba por la callejuela debajo de su ventana, a ver si andaba por allí algún zángano; tanto, que la castañera de la esquina me dijo así:

"Abuelo, está usted chiflado. ¿A quién se le ocurre rondar a su propia hija? ¡Qué viejos más escamones!"

Pero no lo podía remediar. Toda cuanta candidez y buena fe había tenido con la madre, ahora se me volvía desconfianza. Se me había clavado aquí, entre las cejas, que mi hija se perdería, que era infalible que se perdiese, sobre todo si daba en cantar. Y me eché de rodillas delante de ella, y la obligué a que me jurase que no cantaría nunca, así se hundiese el mundo. Y me lo juró. Solo que, como ya no era yo aquel de antes, de allí a pocas mañanas, acechando desde la esquina, la veo que abre la ventana, que se pone a regar las macetas, y que al mismo tiempo, a competencia con el canario, rompe a cantar... Me dio la sangre una vuelta redonda y se me quedaron las manos frías. Volví a casa, entré en el cuarto de la muchacha, la cogí por el pelo y debí de pegarle bastante, porque gritó y estuvo más de una semana con una venda.

¿Creerá usted, padre, que se enmendó? A los quince días vuelvo a rondar y vuelve a asomarse, y otra vez el canticio, y enfrente un grupo de mozalbetes que se para y le dice muchos olés...

Callé; no entré a castigarla. Y por la tarde, mientras batía mi suela, me parecía que una voz rara, como de algún chulo que se reía de mí, me decía lo mismo que doce años antes: "No tienes vergüenza... Había que matarla."

Cené muy triste, y después que me acosté, la misma voz, erre que erre: "Matarla, matarla..."

Entonces me levanté despacio, cogí la herramienta, y en puntillas, me acerqué a la cama, y de un solo golpe...

Ahora hagan de mí lo que quieran, que ya tengo mi honra desempeñada.

- ¿Creerán ustedes - añadió el padre Téllez - que no le pude quitar el tema de la honra? Se arrepentía... pero a los dos minutos volvía a porfiar que era un caballero, y su conducta, más que culpable, ejemplar... En este terreno casi murió impenitente...

- Estaría loco - dijimos, a fin de consolar al sacerdote, que se había quedado muy abatido al terminar su relato.

Primer amor

Qué edad contaría yo a la sazón? ¿Once o doce años? Más bien serían trece, porque antes es demasiado temprano para enamorarse tan de veras; pero no me atrevo a asegurar nada, considerando que en los países meridionales madruga mucho el corazón, dado que esta víscera tenga la culpa de semejantes trastornos.

Si no recuerdo bien el "cuándo", por lo menos puedo decir con completa exactitud el "cómo" empezó mi pasión a revelarse.

Gustábame mucho - después de que mi tía se largaba a la iglesia a hacer sus devociones vespertinas - colarme en su dormitorio y revolverle los cajones de la cómoda, que los tenía en un orden admirable. Aquellos cajones eran para mí un museo. Siempre tropezaba en ellos con alguna cosa rara, antigua, que exhalaba un olorcillo arcaico y discreto: el aroma de los abanicos de sándalo que andaban por allí perfumando la ropa blanca. Acericos de raso descolorido ya; mitones de malla, muy doblados entre papel de seda; estampitas de santos; enseres de costura; un "ridículo" de terciopelo azul bordado de canutillo: un rosario de ámbar y plata, fueron apareciendo por los rincones. Yo los curioseaba y los volvía a su sitio. Pero un día - me acuerdo lo mismo que si fuese hoy - en la esquina del cajón superior y al través de unos cuellos de rancio encaje, vi brillar un objeto dorado... Metí las manos, arrugué sin querer las puntillas, y saqué un retrato, una miniatura sobre marfil, que mediría tres pulgadas de alto, con marco de oro.

Me quedé como embelesado al mirarla. Un rayo de sol se filtraba por la vidriera y hería la seductora imagen, que parecía querer desprenderse del fondo oscuro y venir hacia mí. Era una criatura hermosísima, como yo no la había visto jamás sino en mis sueños de adolescente, cuando los primeros estremecimientos de la pubertad me causaban, al caer la tarde, vagas tristezas y anhelos indefinibles. Podría la dama del retrato frisar en los veinte y pico; no era una virgencita cándida, capullo a medio abrir, sino una mujer en quien ya resplandecía todo el fulgor de la belleza. Tenía la cara oval, pero no muy prolongada; los labios carnosos, entreabiertos y risueños; los ojos lánguidamente entornados, y un hoyuelo en la barba, que parecía abierto por la yema del dedo juguetón de Cupido. Su peinado era extraño y gracioso: un grupo compacto a manera de piña de bucles al lado de las sienes, y un cesto de trenzas en lo alto de la cabeza. Este peinado antiguo, que arremangaba en la nuca, descubría toda la morbidez de la fresca garganta, donde el hoyo de la barbilla se repetía más delicado y suave. En cuanto al vestido...

Yo no acierto a resolver si nuestras abuelas eran de suyo menos recatadas de lo que son nuestras esposas, o si los confesores de antaño gastaban manga más ancha que los de hogaño. Y me inclino a creer esto último, porque hará unos sesenta años las hembras se preciaban de cristianas y devotas, y no desobedecían a su director de conciencia en cosa tan grave y patente. Lo indudable es que si en el día se presenta alguna señora con el traje de la dama del retrato, ocasiona un motín, pues desde el talle (que nacía casi en el sobaco) solo la velaban leves ondas de gasa diáfana, señalando, mejor que cubriendo, dos escándalos de nieve, por entre los cuales serpeaba un hilo de perlas, no sin descansar antes en la tersa superficie del satinado escote. Con el propio impudor se ostentaban los brazos redondos, dignos de Juno, rematados por manos esculturales... Al decir "manos" no soy exacto, porque, en rigor, solo una mano se veía, y ésa apretaba un pañuelo rico.

Aún hoy me asombro del fulminante efecto que la contemplación de aquella miniatura me produjo, y de cómo me quedé arrobado, suspensa la respiración, comiéndome el retrato con los ojos. Ya había yo visto aquí y acullá estampas que representaban mujeres bellas. Frecuentemente, en las Ilustraciones, en los grabados mitológicos del comedor, en los escaparates de las tiendas, sucedía que una línea gallarda, un contorno armonioso y elegante, cautivaba mis miradas precozmente artísticas; pero la miniatura encontrada en el cajón de mi tía, aparte de su gran gentileza, se me figuraba como animada de sutil aura vital; advertíase en ella que no era el capricho de un pintor, sino imagen de persona real, efectiva, de carne y hueso. El rico y jugoso tono del empaste hacía adivinar, bajo la nacarada epidermis, la sangre tibia; los labios se desviaban para lucir el esmalte de los dientes; y, completando la ilusión, corría alrededor del marco una orla de cabellos naturales castaños, ondeados y sedosos, que habían crecido en las sienes del original. Lo dicho: aquello, más que copia, era reflejo de persona viva, de la cual sólo me separaba un muro de vidrio... Puse la mano en él, lo calenté con mi aliento, y se me ocurrió que el calor de la misteriosa deidad se comunicaba a mis labios y circulaba por mis venas.

Estando en esto, sentí pisadas en el corredor. Era mi tía que regresaba de sus rezos. Oí su tos asmática y el arrastrar de sus pies gotosos. Tuve tiempo no más que de dejar la miniatura en el cajón, cerrarlo, y arrimarme a la vidriera, adoptando una actitud indiferente y nada sospechosa.

Entró mi tía sonándose recio, porque el frío de la iglesia le había recrudecido el catarro, ya crónico. Al verme se animaron sus ribeteados ojillos, y, dándome un amistoso bofetoncito con la seca palma, me preguntó si le había revuelto los cajones, según costumbre.

Después, sonriéndose con picardía:

– Aguarda, aguarda – añadió –, voy a darte algo... que te chuparás los dedos.

Y sacó de su vasta faltriquera un cucurucho, y del cucurucho, tres o cuatro bolitas de goma adheridas, como aplastadas, que me infundieron asco.

La estampa de mi tía no convidaba a que uno abriese la boca y se zampase el confite: muchos años, la dentadura traspillada, los ojos enternecidos más de los justo, unos asomos de bigote o cerdas sobre la hundida boca, la raya de tres dedos de ancho, unas canas sucias revoloteando sobre las sienes amarillas, un pescuezo flácido y lívido como el moco del pavo cuando está de buen humor... Vamos que yo no tomaba las bolitas, ¡ea! Un sentimiento de indignación, una protesta varonil se alzó en mí, y declaré con energía:

– No quiero, no quiero.

– ¿No quieres? ¡Gran milagro! ¡Tú que eres más goloso que la gata!

– Ya no soy ningún chiquillo – exclamé creciéndome, empinándome en la punta de los pies – y no me gustan las golosinas.

La tía me miró entre bondadosa e irónica, y al fin, cediendo a la gracia que le hice, soltó el trapo, con lo cual se desfiguró y puso patente la espantable anatomía de sus quijadas. Reíase de tan buena gana, que se besaban barba y nariz, ocultando los labios, y se le señalaban dos arrugas, o mejor, dos zanjas hondas, y más de una docena de pliegues en mejillas y párpados. Al mismo tiempo, la cabeza y el vientre se le columpiaban con las sacudidas de la risa, hasta que al fin vino la tos a interrumpir las carcajadas, y entre risas y tos, involuntariamente, la vieja me regó la cara con un rocío de saliva... Humillado y lleno de repugnancia, huí a escape y no paré hasta el cuarto de mi madre, donde me lavé con agua y jabón, y me di a pensar en la dama del retrato.

Y desde aquel punto y hora ya no acerté a separar mi pensamiento de ella. Salir la tía y escurrirme yo hacia su aposento, entreabrir el cajón, sacar la miniatura y embobarme contemplándola, todo era uno. A fuerza de mirarla, figurábaseme que sus ojos entornados, al través de la voluptuosa penumbra de las pestañas, se fijaban en los míos, y que su blanco pecho respiraba afanosamente. Me llegó a dar vergüenza besarla, imaginando que se enojaba de mi osadía, y solo la apretaba contra el corazón o arrimaba a ella el rostro. Todas mis acciones y pensamientos se referían a la dama; tenía con ella extraños refinamientos y delicadezas nimias. Antes de entrar en el cuarto de mi tía y abrir el codiciado cajón, me lavaba, me peinaba, me componía, como vi después que suele hacerse para acudir a las citas amorosas.

Me sucedía a menudo encontrar en la calle a otros niños de mi edad, muy armados ya de su cacho de novia, que ufanos me enseñaban cartitas, retratos y flores, preguntándome si yo no escogería también "mi niña" con quien cartearme. Un sentimiento de pudor inexplicable me ataba la lengua, y solo les contestaba con enigmática y orgullosa sonrisa. Cuando me pedían parecer acerca de la belleza de sus damiselillas, me encogía de hombros y las calificaba desdeñosamente de feas y fachas.

Ocurrió cierto domingo que fui a jugar a casa de unas primitas mías, muy graciosas en verdad, y que la mayor no llegaba a los quince. Estábamos muy entretenidos en ver un estereóscopo, y de pronto una de las chiquillas, la menor, doce primaveras a lo sumo, disimuladamente me cogió la mano, y, conmovidísima, colorada como una fresa, me dijo al oído:

– Toma.

Al propio tiempo sentí en la palma de la mano una cosa blanda y fresca, y vi que era un capullo de rosa, con su verde follaje. La chiquilla se apartaba sonriendo y echándome una mirada de soslayo; pero yo, con un puritanismo digno del casto José, grité a mi vez:

– ¡Toma!

Y le arrojé el capullo a la nariz, desaire que la tuvo toda la tarde llorosa y de morros conmigo, y que aún a estas fechas, que se ha casado y tiene tres hijos, probablemente no me ha perdonado.

Siéndome cortas para admirar el mágico retrato las dos o tres horas que entre mañana y tarde se pasaba mi tía en la iglesia, me resolví, por fin, a guardarme la miniatura en el bolsillo, y anduve todo el día escondiéndome de la gente lo mismo que si hubiese cometido un crimen.

Se me antojaba que el retrato, desde el fondo de su cárcel de tela, veía todas mis acciones, y llegué al ridículo extremo de que si quería rascarme una pulga, atarme un calcetín o cualquier otra cosa menos conforme con el idealismo de mi amor purísimo, sacaba primero la miniatura, la depositaba en sitio seguro y después me juzgaba libre de hacer lo que más me conviniese.

En fin, desde que hube consumado el robo, no cabía en mí; de noche lo escondía bajo la almohada y me dormía en actitud de defenderlo; el retrato quedaba vuelto hacia la pared, yo hacia la parte de afuera, y despertaba mil veces con temor de que viniesen a arrebatarme mi tesoro. Por fin lo saqué de debajo de la almohada y lo deslicé entre la camisa y la carne, sobre la tetilla izquierda, donde al día siguiente se podían ver impresos los cincelados adornos del marco.

El contacto de la cara miniatura me produjo sueños deliciosos. La dama del retrato, no en efigie, sino en su natural tamaño y proporciones, viva, airosa, afable, gallarda, venía hacia mí para conducirme a su palacio, en un carruaje de blandos almohadones. Con dulce autoridad me hacía sentar a sus pies en un cojín y me pasaba la torneada mano por la cabeza, acariciándome la frente, los ojos y el revuelto pelo. Yo le leía en un gran misal, o tocaba el laúd, y ella se dignaba sonreírse agradeciéndome el placer que le causaban mis canciones y lecturas. En fin: las reminiscencias románticas me bullían en el cerebro, y ya era paje, ya trovador.

Con todas estas imaginaciones, el caso es que: adelgazando de un modo notable, y lo observaron con gran inquietud mis padres y mi tía.

— En esa difícil y crítica edad del desarrollo, todo es alarmante — dijo mi padre, que solía leer libros de Medicina y estudiaba con recelo las ojeras oscuras, los ojos apagados, la boca contraída y pálida, y, sobre todo, la completa falta de apetito que se apoderaba de mí.

— Juega, chiquillo; come, chiquillo — solían decirme.

Y yo les contestaba con abatimiento:

— No tengo ganas.

Empezaron a discurrirme distracciones. Me ofrecieron llevarme al teatro; me suspendieron los estudios y diéronme a beber leche recién ordeñada y espumosa. Después me echaron por el cogote y la espalda duchas de agua fría, para fortificar mis nervios; y noté que mi padre, en la mesa, o por las mañanas cuando iba a su alcoba a darle los buenos días, me miraba fijamente un rato y a veces sus manos se escurrían por mi espinazo abajo, palpando y tentando mis vértebras. Yo bajaba hipócritamente los ojos, resuelto a dejarme morir antes que confesar el delito. En librándome de la cariñosa fiscalización de la familia, ya estaba con mi dama del retrato. Por fin, para mejor acercarme a ella acordé suprimir el frío cristal: vacilé al ir a ponerlo en obra. Al cabo pudo más el amor que el vago miedo que semejante profanación me inspiraba, y con gran destreza logré arrancar el vidrio y dejar patente la plancha de marfil. Al apoyar en la pintura mis labios y percibir la tenue fragancia de la orla de cabellos, se me figuró con más evidencia que era persona viviente la que estrechaban mis manos trémulas. Un desvanecimiento se apoderó de mí, y quedé en el sofá como privado de sentido, apretando la miniatura.

Cuando recobré el conocimiento vi a mi padre, a mi madre, a mi tía, todos inclinados hacia mí con sumo interés. Leí en sus caras el asombro y el susto. Mi padre me pulsaba, meneaba la cabeza y murmuraba:

– Este pulso parece un hilito, una cosa que se va.

Mi tía, con sus dedos ganchudos, se esforzaba en quitarme el retrato, y yo, maquinalmente, lo escondía y aseguraba mejor.

– Pero, chiquillo... ¡suelta, que lo echas a perder! – exclamaba ella –. ¿No ves que lo estás borrando? Si no te riño, hombre... Yo te lo enseñaré cuantas veces quieras; pero no lo estropees. Suelta, que le haces daño.

– Déjaselo – suplicaba mi madre –, el niño está malito.

- ¡Pues no faltaba más! – contestó la solterona –. ¡Dejarlo! ¿Y quién hace otro como ese... ni quién me vuelve a mí los tiempos aquellos? ¡Hoy en día nadie pinta miniaturas!... Eso se acabó... Y yo también me acabé y no soy lo que ahí aparece!

Mis ojos se dilataban de horror; mis manos aflojaban la pintura. No sé cómo pude articular:

- Usted... El retrato... es usted...

- ¿No te parezco tan guapa, chiquillo? ¡Bah! Veintiséis años son más bonitos que..., que... que no sé cuántos, porque no llevo la cuenta; nadie ha de robármelos. Doblé la cabeza, y acaso me desmayaría otra vez. Lo cierto es que mi padre me llevó en brazos a la cama y me hizo tragar unas cucharadas de oporto.

Convalecí presto y no quise entrar más en el cuarto de mi tía.

La inspiración

emporada fatal estaba pasando el ilustre Fausto, el gran poeta. Por una serie de circunstancias engranadas con persistencia increíble, todo le salía mal, todo fallido, raquítico, como si en torno suyo se secasen los gérmenes y la tierra se esterilizase. Sin ser viejo de cuerpo, envejecía rápidamente su alma, deshojándose en triste otoñada sus amarillentas ilusiones. Lo que le abrumaba no era dolor, sino atonía de su ardorosa sensibilidad y de su imaginación fecunda.

Acababa de romper relaciones con una mujer a quien no amaba: aquello principió por una comedia sentimental, y duró entre una eternidad de tedio, el cansancio insufrible del actor que representa un papel antipático, que ya va olvidando, de puro sabido, en un drama sin interés y sin literatura. Y, no obstante, cuando la mujer mirada con tanta indiferencia le suplantó descaradamente y le hizo blanco de acerbas pullas que se repetían en los salones, Fausto sintió una de esas amarguras secas, irritantes, que ulceran el alma, y quedó, sin querérselo confesar, descontento de sí, rebajado a sus propios ojos, saturado de un escepticismo vulgar y prosaico, embebido de la ingrata grata convicción de que su mente ya no volvería a crear obra de arte, ni su corazón a destilar sentimiento.

Sí: Fausto se imaginaba que no era poeta ya. Así como los místicos tienen horas en que la frialdad que advierten los induce a dudar de su propia fe, los artistas desfallecen en momentos dados, creyéndose impotentes, paralíticos, muertos.

Recluido en su gabinete, Fausto llamaba a la musa; pero en vano brillaba la lámpara, ardía la chimenea, exhalaban perfume los jacintos y las violetas, susurraba la seda del cortinaje: la infiel no acudía a la cita, y Fausto, con la frente calenturienta apoyada en la palma de la mano - actitud familiar para todos los que han luchado a solas con el ángel rebelde -, no sentía fluir ni una gota del manantial delicioso; sólo veía rosas negras, áridos arenales caldeados por el sol del desierto.

En aquellos momentos de agonía, su conciencia le acusaba diciéndole que la decadencia del artista procedía del indiferentismo del hombre; que la poesía no acude a los páramos, sino a los oasis, y que si no podía volver a animar, tampoco podría volver a aparear versos, como quien unce parejas de corzas blancas al mismo carro de oro.

Las mujeres que le habían burlado y abandonado eran, sin duda indignas de su amor; pero tampoco él, Fausto, el poeta, el soñador, el ave, se había tomado el trabajo de quererlo inspirar, ni menos de sentirlo. El desierto no era el alma ajena, era su alma. Quien sólo ofrece llanuras candentes y peñascales yermos, no extrañe que el viajero cansado no se siente a reposar, ni quiera dormir larga y dulce siesta, como la que se duerme a la sombra de las palmeras verdes, al lado del fresco pozo...

Paseábase Fausto una tarde de septiembre, a pie y sin objeto, por una de las solitarias rondas madrileñas, y al borde de un solar cercado de tablas divisó grupos de gente que examinaba, con muestras de vivísimo interés, algo caído en el suelo. Las cabezas se inclinaban, y del corro salían exclamaciones de lástima y admiración. Fausto iba a pasar sin hacer caso; pero una sensación indefinible de curiosidad cruel le empujó al remolino. Pensó que la realidad es madre de la poesía, y que a veces del incidente más vulgar salta la chispa generadora. No sin algún trabajo consiguió abrirse camino, y ya en primera fila, pudo ver lo que causaba el asombro de aquel gentío humilde.

Sobre la hiedra enteca y mísera que a duras penas brotaba del terreno arcilloso, yacía tendida una mujer joven, de sorprendente belleza. La palidez de la muerte, y esa especie de misteriosa dignidad y calma que imprime a las facciones, la hacían semejante a perfectísimo busto de mármol, y el ligero vidriado de los árabes ojos no amenguaba su dulzura. El pelo, suelto, rodeaba como un cojín de terciopelo mate la faz, y la boca, entreabierta, dejaba ver los dientes de nácar entre los descoloridos y puros labios. No se distinguía herida alguna en el cuerpo de la joven, y sus ropas conservaban decente compostura. Estaba echada de lado. Una faja de lana unía su cintura a la de un mocetón feo y tosco, muerto también, de un balazo que, entrando por el oído, había roto el cráneo. Sin duda, en la agonía de los dos enamorados la faja debió de aflojarse, pues la mujer aparecía algo vuelta hacia la derecha, y el mozo a la izquierda, como desviándose de su compañera en el morir.

Con mezcla de piedad y de enojo, los albañiles, las lavanderas y los guardias de Orden Público comentaban el trágico suceso. Tratábase de un doble suicidio, concertado de antemano, y hasta anunciado por el bruto del mozo en una taberna la noche anterior.

La oposición de los padres de ella, las malas costumbres de él y el haber caído soldado, eran la causa. Ella no podía resignarse a la separación. Ella misma, la mujer apasionada, había lanzado la terrible idea, acogida con fruición estúpida por el hombre celoso y feroz. Morir, irse abrazados a donde Dios dispusiese; no apartarse ya nunca; pese a quien pese, desposarse en el ataúd...

Sin dilación adquirió el revólver, y después de una mañana que pasaron juntos almorzando en un ventorro, los dos amantes se habían recogido al extraviado solar, donde, arrollando primero la faja del mozo alrededor de ambas cinturas, ella había tendido con sublime confianza el seno izquierdo, sin que, ni al sentir sobre el corazón el cañón del arma, se borrase de sus labios aquella sonrisa que aún conservaba fija en la boca, ¡aquella sonrisa que lucía los dientes de nácar entre los descoloridos y puros labios!

Por la noche, al retirarse Fausto a su casa, percibió una fiebre singular que conocía de antemano, pues solía experimentarla cada vez que se renovaba su ser con afectos nunca sentidos. Semejante excitación nerviosa, señalaba, como la manecilla del reloj, las etapas sucesivas de su vida moral. La alegría extremada, la pena vehemente e inconsolable se anunciaban igualmente para Fausto con un desasosiego raro, una turbación del corazón, que ya acelera sus latidos, ya se aquieta y desmaya hasta el síncope. Las horas nocturnas las contó desvelado en la cama; no podía apartar del pensamiento la imagen de la muchacha muerta; y mientras volvía a ver el solar, el corro de curiosos, el grupo trágico de los amantes que, abrazados, emprenden el viaje sin regreso, un bullir confuso de rimas, un surgir de estrofas incompletas, un rodar oceánico de versos sonoros, ascendía de su corazón palpitante a su cerebro, y bajaba después, a manera de corriente impetuosa, a su mano, impaciente ya de asir la pluma...

Lo más raro de todo era que Fausto, con la fantasía, enmendaba la plana al ciego Destino. La hermosa niña que había recibido en el seno izquierdo la bala, no estaba enamorada del bárbaro y plebeyo borrachín, del perdulario soez que descansaba a su lado, y que la amarró con la faja antes de darle muerte. No; el predilecto de aquella mujer que sabía querer y morir; el que antes de asesinarla había aspirado el aliento de su boca de virgen, era Fausto, el poeta; Fausto, que por fin encontraba su ideal, y que al encontrarlo prefería dejar la Tierra, sellando con el sello de lo irreparable tan magnífica pasión.

¿Quién duda que sólo Fausto, capaz de comprender el valor de la acción sublime, merecía haberla inspirado? Corrigiendo la inercia de los hechos, despreciando la vana apariencia de lo real, Fausto recogía para sí la ardiente flor amorosa, la flor de sangre sembrada en el erial de la ronda madrileña. El era el compañero de aquella muerta que sonreía; él era quien había apoyado el revólver sobre el impávido seno de la heroína, no sólo tranquila ante la muerte, sino prendada de la muerte que une eternamente, sin separación posible, a los que quisieron con delirio... Y la sugestión apretó tanto, que Fausto arrojó las sábanas, encendió luz y empezó a emborronar papel...

Tal fue el origen del poema Juntos, el mejor timbre de gloria de Fausto, lo que consagrará ante la posteridad su nombre, porque Juntos es (lo afirma la crítica) una maravilla de sentimiento verdadero, y se comprende que está escrito con lágrimas vivas del poeta, que corresponde a penas y goces no fingidos, a algo que no se inventa, porque no puede inventarse.

Champagne

Al destaparse la botella de dorado casco, se oscurecieron los ojos de la compañera momentánea de Raimundo Valdés, y aquella sombra de dolor o de recuerdo despertó la curiosidad del joven, que se propuso inquirir por qué una hembra que hacía profesión de jovialidad se permitía mostrar sentimientos tristes, lujo reservado solamente a las mujeres honradas, dueñas y señoras de su espíritu y su corazón.

Solicitó una confidencia y, sin duda, "la prójima" se encontraba en uno de esos instantes en que se necesita expansión, y se le dice al primero que llega lo que más hondamente puede afectarnos, pues sin dificultades ni remilgos contestó, pasándose las manos por los ojos:

– Me conmueve siempre ver abrir una botella de champagne, porque ese vino me costó muy caro... el día de mi boda.

– Pero ¿tú te has casado alguna vez... ante un cura? – preguntó Raimundo con festiva insolencia.

– Ojalá no – repuso ella con el acento de la verdad, con franqueza impetuosa – . Por haberme casado, ando como me ves.

– Vamos, ¿tu marido será algún tramposo, algún pillo?

– Nada de eso. Administra muy bien lo que tiene y posee miles de duros... Miles, sí, o cientos de miles.

- Chica, ¡cuántos duros! En ese caso... ¿Te daba mala vida? ¿Tenía líos? ¿Te pegaba?

- Ni me dio mala vida, ni me pegó, ni tuvo líos, que yo sepa... ¡Después sí que me han pegado! Lo que hay es que le faltó tiempo para darme vida mala ni buena, porque estuvimos juntos, ya casados, un par de horas nada más.

- ¡Ah! - murmuró Valdés, presintiendo una aventura interesante.

- Verás lo que pasó, prenda. Mis padres fueron personas muy regulares pero sin un céntimo. Papá tenía un empleíllo, y con el angustiado sueldo se las arreglaban. Murió mi madre; a mi padre le quitaron el destino...; y como no podía mantenernos el pico a mi hermano y a mí, y era bastante guapo, se dejó camelar por una jamona muy rica y se casó con ella en segundas. Al principio, mi madrastra se portó..., vamos, bien; no nos miraba a los hijastros con malos ojos. Pero así que yo fui creciendo y haciéndome mujer, y que los hombres dieron en decirme cosas en la calle, comprendí que en casa me cobraban ojeriza. Todo cuanto yo hacía era mal hecho, y tenía siempre detrás al juez y al espía...: la madrastra. Mi padre se puso muy pensativo, y comprendí que le llegaba al alma que se me tratase mal. Y lo que resultó de estas trifulcas fue que se echaron a buscarme marido para zafarse de mí. Por casualidad lo encontraron pronto. Sujeto acomodado, cuarentón, formal, recomendable, seriote... En fin; mi mismo padre se dio por contento y convino en que era una excelente proporción la que se me presentaba. Así es que ellos en confianza trataron y arreglaron la boda, y un día, encontrándome yo bien descuidada..., ¡a casarse!, y no vale replicar.

– ¿Y qué efecto te hizo la noticia? Malo, ¿eh?

– Detestable... porque yo tenía la tontuna de estar enamorada hasta los tuétanos, como se enamora una chiquilla, pero chiquilla forrada de mujer..., de "uno" de Infantería, un teniente pobre como las ratas... y se me había metido en la cabeza que aquel había de ser mi marido apenas saliese a capitán. Las súplicas de mi padre; los consejos de las amigas; las órdenes y hasta los pescozones de mi madrastra, que no me dejaba respirar, me aturdieron de tal manera, que no me atreví a resistir. Y vengan regalos, y desclávense cajones de vestidos enviados de Madrid, y cuélguese usted los faralaes blancos, y préndase el embelequito de la corona de azahar, y a la iglesia, y ahí te suelto la bendición, y en seguida gran comilona, los amigos de la familia y la parentela del novio que brindan y me ponen la cabeza como un bombo, a mí, que más ganas tenía de lloriquear que de probar bocado...

– Hija, por ahora no encuentro mucho de particular en tu historia. Casarse así, rabiando y por máquina, es bastante frecuente.

– Aguarda, aguarda – advirtió amenazándome con la mano –. Ahora entra lo ridículo, la peripecia... Pues, señor, yo en mi vida había probado el tal champagne... Me sirvieron la primera copa para que contestase a los brindis, y después de vaciarla, me pareció que me sentía con más ánimo, que se me aliviaba el malestar y la negra tristeza. Bebí la segunda, y el buen efecto aumentó. La alegría se me derramaba por el cuerpo... Entonces me deslicé a tomar tres, cuatro, cinco, quizá media docena...

Los convidados bromeaban celebrando la gracia de que bebiese así, y yo bebía buscando en la especie de vértigo que causa el champagne un olvido completo de lo que había de suceder y de lo que me estaba sucediendo ya. Sin embargo, me contuve antes de llegar a transtornarme por completo, y sólo podían notar en la mesa que reía muy alto, que me relucían los ojos y que estaba sofocadísima.

Nos esperaba un coche, a mi marido y a mí, coche que nos había de llevar a una casa de campo de él, a pasar la primera semana después de la boda. Chiquillo, no sé si fue el movimiento del coche o si fue el aire libre, o buenamente que estaba yo como una uva, pero lo cierto es que apenas me vi sola con el tal señor y él pretendió hacerme garatusas cariñosas, se me desató la lengua, se me arrebató la sangre, y le solté de pe a pa lo del teniente, y que sólo al teniente quería, y teniente va y teniente viene, y dale con que si me han casado contra mi gusto, y toma con que ya me desquitaría y le mataría a palos... Barbaridades, cosas que inspira el vino a los que no acostumbran... Y mi esposo, más pálido que un muerto, mandó que volviese atrás el coche, y en el acto me devolvió a mi casa. Es decir, esto me lo dijeron luego, porque yo, de puro borrachita, ¿sabes?..., de nada me enteré.

– ¿Y nunca más te quiso recibir tu marido?

– Nunca más. Parece que le espeté atrocidades tremendas. Ya ves: quien hablaba por mi boca era el maldito espumoso...

- ¿Y... en tu casa? ¿Te admitieron contentos?

- ¡Quiá! Mi madrastra me insultaba horriblemente, y mi padre lloraba por los rincones... Preferí tomar la puerta, ¡qué caramba!

- ¿Y... el teniente?

- ¡Sí, busca teniente! Al saber mi boda se había echado otra novia, y se casó con ella poco después.

- ¿Sabes que has tenido mala sombra?

- Mala por cierto... Pero creo que si todas las mujeres hablasen lo que piensan, como hice yo por culpa del champagne, más de cuatro y más de ocho se verían peor que esta individua.

- ¿Y no te da tu marido alimento? La ley le obliga.

¡Bah! Eso ya me lo avisó un abogadito "que tuve"... ¡El diablo que se meta a pleitear! ¿Voy a pedirle que me mantenga a ese, después del desengaño que le costé? Anda, ponme más champaña... Ahora ya puedo beber lo que quiera. No se me escapará ningún secreto.

Sor Aparición

n el convento de las Clarisas de S***, al través de la doble reja baja, vi a una monja postrada, adorando. Estaba de frente al altar mayor, pero tenía el rostro pegado al suelo, los brazos extendidos en cruz y guardaba inmovilidad absoluta. No parecía más viva que los yacentes bultos de una reina y una infanta, cuyos mausoleos de alabastro adornaban el coro. De pronto, la monja prosternada se incorporó, sin duda para respirar, y pude distinguir sus facciones. Se notaba que había debido de ser muy hermosa en sus juventudes, como se conoce que unos paredones derruidos fueron palacios espléndidos. Lo mismo podría contar la monja ochenta años que noventa. Su cara, de una amarillez sepulcral, su temblorosa cabeza, su boca consumida, sus cejas blancas, revelaban ese grado sumo de la senectud en que hasta es insensible el paso del tiempo.

Lo singular de aquella cara espectral, que ya pertenecía al otro mundo, eran los ojos. Desafiando a la edad, conservaban, por caso extraño, su fuego, su intenso negror, y una violenta expresión apasionada y dramática. La mirada de tales ojos no podía olvidarse nunca. Semejantes ojos volcánicos serían inexplicables en monja que hubiese ingresado en el claustro ofreciendo a Dios un corazón inocente; delataban un pasado borrascoso; despedían la luz siniestra de algún terrible recuerdo. Sentí ardiente curiosidad, sin esperar que la suerte me deparase a alguien conocedor del secreto de la religiosa.

Sirvióme la casualidad a medida del deseo. La misma noche, en la mesa redonda de la posada, trabé conversación con un caballero machucho, muy comunicativo y más que medianamente perspicaz, de esos que gozan cuando enteran a un forastero. Halagado por mi interés, me abrió de par en par el archivo de su feliz memoria. Apenas nombré el convento de las Claras e indiqué la especial impresión que me causaba el mirar de la monja, mi guía exclamó:

—¡Ah! ¡Sor Aparición! Ya lo creo, ya lo creo... Tiene un "no sé qué" en los ojos... Lleva escrita allí su historia. Donde usted la ve, los dos surcos de las mejillas que de cerca parecen canales, se los han abierto las lágrimas. ¡Llorar más de cuarenta años! Ya corre agua salada en tantos días... El caso es que el agua no le ha apagado las brasas de la mirada... ¡Pobre sor Aparición! Le puedo descubrir a usted el quid de su vida mejor que nadie, porque mi padre la conoció moza y hasta creo que le hizo unas miajas el amor... ¡Es que era una deidad!

Sor Aparición se llamó en el siglo Irene. Sus padres eran gente hidalga, ricachos de pueblo; tuvieron varios retoños, pero los perdieron, y concentraron en Irene el cariño y el

mimo de hija única. El pueblo donde nació se llama A***.
Y el Destino, que con las sábanas de la cuna empieza a tejer la cuerda que ha de ahorcarnos, hizo que en ese mismo pueblo viese la luz, algunos años antes que Irene, el famoso poeta...

Lancé una exclamación y pronuncié, adelantándome al narrador, el glorioso nombre del autor del Arcángel maldito, tal vez el más genuino representante de la fiebre romántica; nombre que lleva en sus sílabas un eco de arrogancia desdeñosa, de mofador desdén, de acerba ironía y de nostalgia desesperada y blasfemadora. Aquel nombre y el mirar de la religiosa se confundieron en mi imaginación, sin que todavía el uno me diese la clave del otro, pero anunciando ya, al aparecer unidos, un drama del corazón de esos que chorrean viva sangre.

– El mismo – repitió mi interlocutor –, el ilustre Juan de Camargo orgullo del pueblecito de A***, que ni tiene aguas minerales, ni santo milagroso, ni catedral, ni lápidas romanas, ni nada notable que enseñar a los que lo visitan, pero repite, envanecido: "En esta casa de la plaza nació Camargo."

– Vamos – interrumpí –, ya comprendo; sor Aparición... digo, Irene, se enamoró de Camargo, él la desdeñó, y ella, para olvidar, entró en el claustro...

– ¡Chis! – exclamó el narrador, sonriendo –. ¡Espere usted, espere usted, que si no fuese más...! De eso se ve todos los días; ni valdría la pena de contarlo. No; el caso de sor Aparición tiene miga. Paciencia, que ya llegaremos al fin.

De niña, Irene había visto mil veces a Juan Camargo, sin hablarle nunca, porque él era ya mozo y muy huraño y retraído: ni con los demás chicos del pueblo se juntaba. Al romper Irene su capullo, Camargo, huérfano, ya estudiaba leyes en Salamanca, y sólo venía a casa de su tutor durante las vacaciones. Un verano, al entrar en A***, el estudiante levantó por casualidad los ojos hacia la ventana de Irene y reparó en la muchacha, que fijaba en él los suyos... unos ojos de date preso, dos soles negros, porque ya ve usted lo que son todavía ahora. Refrenó Camargo el caballejo de alquiler para recrearse en aquella soberana hermosura; Irene era un asombro de guapa. Pero la muchacha, encendida como una amapola, se quitó de la ventana, cerrándola de golpe. Aquella misma noche, Camargo, que ya empezaba a publicar versos en periodiquillos, escribió unos, preciosos, pintando el efecto que le había producido la vista de Irene en el momento de llegar a su pueblo... Y envolviendo en los versos una piedra, al anochecer la disparo contra la ventana de Irene. Rompiose el vidrio, y la muchacha "recogió el papel y leyó los versos, no una vez, ciento, mil; los bebió, se empapó en ellos. Sin embargo, aquellos versos, que no figuran en la colección de las poesías de Camargo, no eran declaraciones amorosas, sino algo raro, mezcla de queja e imprecación. El poeta se dolía de que la pureza y la hermosura de la niña de la ventana no se hubiesen hecho para él, que era un réprobo. Si él se acercase, marchitaría aquella azucena... Después del episodio de los versos, Camargo no dio señales de acordarse de que existía Irene en el mundo, y en octubre se dirigió a Madrid. Empezaba el período agitado de su vida, las aventuras políticas y la actividad literaria.

Desde que Camargo se marchó, Irene se puso triste, llegando a enfermar de pasión de ánimo. Sus padres intentaron distraerla; la llevaron algún tiempo a Badajoz, le hicieron conocer jóvenes, asistir a bailes; tuvo adoradores, oyó lisonjas...; pero no mejoró de humor ni de salud.

No podía pensar sino en Camargo, a quien era aplicable lo que dice Byron de Larra: que los que le veían no le veían en vano; que su recuerdo acudía siempre a la memoria; pues hombres tales lanzan un reto al desdén y al olvido. No creía la misma Irene hallarse enamorada, juzgábase solo víctima de un maleficio, emanado de aquellos versos tan sombríos, tan extraños. Lo cierto es que Irene tenía eso que ahora llaman obsesión, y a todas horas veía "aparecerse" a Camargo, pálido, serio, el rizado pelo sombreando la pensativa frente... Los padres de Irene, al observar que su hija se moría minada por un padecimiento misterioso, decidieron llevarla a la corte, donde hay grandes médicos para consultar y también grandes distracciones.

Cuando Irene llegó a Madrid, era célebre Camargo. Sus versos, fogosos, altaneros, de sentimiento fuerte y nervioso, hacían escuela; sus aventuras y genialidades se comentaban. Asociada con él una pandilla de perdidos, de bohemios desenfadados e ingeniosos, cada noche inventaban nuevas diabluras, ya turbaban el sueño de los honrados vecinos, ya realizaban las orgiásticas proezas a que aluden ciertas poesías blasfemas y obscenas, que algunos críticos aseguran que no son de Camargo en realidad. Con las borracheras y el libertinaje alternaban las sesiones en las logias masónicas y en los comités; Camargo se preparaba ya la senda de la emigración. No estaba enterada de todo esto la provinciana y cándida familia de Irene; y como se encontrasen en la calle al poeta, le saludaron alegres, que al fin era "de allá".

Camargo, sorprendido otra vez de la hermosura de la joven, notando que al verle se teñían de púrpura las descoloridas mejillas de una niña tan preciosa, los acompañó, y prometió visitar a sus convecinos. Quedaron lisonjeados los pobres lugareños, y creció su satisfacción al notar que de allí a pocos días, habiendo cumplido Camargo su promesa, Irene revivía. Desconocedores de la crónica, les parecía Camargo un yerno posible, y consintieron que menudeasen las visitas.

Veo en su cara de usted que cree adivinar el desenlace... ¡No lo adivina! Irene, fascinada, trastornada, como si hubiese bebido zumo de hierbas, tardó, sin embargo, seis meses en acceder a una entrevista a solas, en la misma casa de Camargo. La honesta resistencia de la niña fue causa de que los perdidos amigotes del poeta se burlasen de él, y el orgullo, que es la raíz venenosa de ciertos romanticismos, como el de Byron y el de Camargo, inspiró a éste una apuesta, un desquite satánico, infernal. Pidió, rogó, se alejó, volvió, dio celos, fingió planes de suicidio, e hizo tanto, que Irene, atropellando por todo, consintió en acudir a la peligrosa cita. Gracias a un milagro de valor y de decoro salió de ella pura y sin mancha, y Camargo sufrió una chacota que le enloqueció de despecho.

A la segunda cita se agotaron las fuerzas de Irene; se oscureció su razón y fue vencida. Y cuando confusa y trémula, yacía, cerrando los párpados, en brazos del infame, éste exhaló una estrepitosa carcajada, descorrió unas cortinas, e Irene vio que la devoraban los impuros ojos de ocho o diez hombres jóvenes, que también reían y palmoteaban irónicamente.

Irene se incorporó, dio un salto, y sin cubrirse, con el pelo suelto y los hombros desnudos, se lanzó a la escalera y a la calle. Llegó a su morada seguida de una turba de pilluelos que le arrojaban barro y piedras. Jamás consintió decir de dónde venía ni qué le había sucedido. Mi padre lo averiguó porque casualmente era amigo de uno de los de la apuesta de Camargo. Irene sufrió una fiebre de septenarios en que estuvo desahuciada; así que convaleció, entró en este convento, lo más lejos posible de A***. Su penitencia ha espantado a las monjas: ayunos increíbles, mezclar el pan con ceniza, pasarse tres días sin beber; las noches de invierno, descalza y de rodillas, en oración; disciplinarse, llevar una argolla al cuello, una corona de espinas bajo la toca, un rallo a la cintura...

Lo que más edificó a sus compañeras que la tienen por santa fue el continuo llorar. Cuentan -pero serán consejas- que una vez llenó de llanto la escudilla del agua. ¡Y quién le dice a usted que de repente se le quedan los ojos secos, sin una lágrima, y brillando de ese modo que ha notado usted! Esto aconteció más de veinte años hace; las gentes piadosas creen que fue la señal del perdón de Dios. No obstante, sor Aparición, sin duda, no se cree perdonada, porque, hecha una momia, sigue ayunando y postrándose y usando el cilicio de cerda...

– Es que hará penitencia por dos – respondí, admirada de que en este punto fallase la penetración de mi cronista –. ¿Piensa usted que sor Aparición no se acuerda del alma infeliz de Camargo?

¿Justicia?

Sin ser filósofo ni sabio, con sólo la viveza del natural discurso, Pablo Roldán había llegado a formarse en muchas cuestiones un criterio extraño e independiente; no digo que superior, porque no pienso que lo sea, pero al menos distinto del de la generalidad de los mortales. En todo tiempo habían existido estas divergencias entre el modo de pensar colectivo y el de algunos individuos innovadores o retrógrados con exceso, pues tanto nos separamos de nuestra época por adelantarnos como por rezagarnos.

Uno de los problemas que Pablo Roldán consideraba de modo original y hasta chocante, era el de la infidelidad de la esposa. Es de advertir que Pablo Roldán estaba casado, y con dama tan principal, moza, hermosa y elegante, que se llevaba los ojos y quizá el corazón de cuantos la veían. Un tesoro así debiera hacer vigilante a su guardador; pero Pablo Roldán, no sólo alardeaba de confianza ciega, rayana en descuido, sino que declaraba que la vigilancia le parecía inútil, porque, no juzgándose "propietario" de su bella mitad, no se creía en el caso de guardarla como se guarda una viña, un huerto o una caja de valores. "Una mujer – decía, sonriendo, Pablo – se diferencia de una fruta y de un rollo de billetes de Banco en que tiene conciencia y lengua. A nadie se le ha ocurrido hacer responsable a la pavía si un ratero la hurta y se la come. La mujer es capaz y responsable, y vean cómo realmente, pareciendo tan bonachón, soy más rígido que ustedes, los celosos extremeños. La mujer es responsable, culpable.., entendámonos: cuando engaña. Claro que la mía, moralmente, no conseguirá nunca engañarme, porque yo sería la flor de los imbéciles si, al acercarme a ella, no comprendiese la impresión que le produzco, si me ama, o le soy indiferente, o no me puede sufrir. Del estado de su alma no necesitará mi esposa darme cuenta: yo adivinaré... ¡No faltaría más! Y al adivinar, tan cierto como que me llamo Pablo Roldán y me tengo por hombre de honor, consideraré roto el lazo que la sujeta a mí, y no haré al Creador de las almas la ofensa de violentar un alma esencialmente igual a la mía... Desde el día en que no me quiera, mi mujer será "interiormente" libre como el aire. Sin embargo (pues el nudo legal es indisoluble y la equivocación mutua), le advertiré que queda obligada a salvar las apariencias, a tener muy en cuenta la exterioridad, a no hacerme blanco de la burla; y yo, por mi parte, me creeré en el deber de seguir amparándola, de escudarla contra el menosprecio. ¡Bah! Amigo mío, esto es hablar por hablar; Felicia parece que aún no me ha perdido el cariño... Son teorías, y ya sabe usted que, llegado el caso práctico, raro es el hombre que las aplica rigurosamente."

No platicaba así Roldán sino con los pocos que tenía por verdaderos amigos y hombres de corazón y de entendimiento; con los demás, creía él que no se debían conferir puntos tan delicados. Al parecer, el sistema amplio y generoso de Pablo daba resultados excelentes: el matrimonio vivía unido, respetado, contento. No obstante, yo, que lo observaba sin cesar, atraído por aquel experimento curioso, empecé a notar, transcurridos algunos años – poco después de que la mujer de Pablo entró en el período de esplendor de la belleza femenina, los treinta –, ciertos síntomas que me inquietaron un poco. Pablo andaba a veces triste y meditabundo; tenía días de murria, momentos de distracción y ausencia, aunque se rehacía luego y volvía a su acostumbrada ecuanimidad. En cambio, su mujer demostraba una alegría y animación exageradas y febriles, y se entregaba más que nunca al mundo y a las fiestas. Seguían yendo siempre juntos; las buenas costumbres conyugales no se habían alterado en lo más mínimo; pero yo, que tampoco soy la flor de los imbéciles, no podía dudar que existía en aquella pareja, antes venturosa, algún desajuste, alguna grieta oculta, algo que alteraba su contextura íntima. Para la gente, el matrimonio Roldán se mantenía inalterable; para mí el matrimonio Roldán se había disuelto.

Por aquel entonces se anunció la boda de cierta opulenta señorita, y los padres convidaron a sus relaciones a examinar las "vistas" y ricos regalos que formaban la canastilla de la novia. Encontrábame entretenido en admirar un largo hilo de perlas, obsequio del novio, cuando vi entrar a Pablo Roldán y a su mujer. Acercáronse a la mesa cargada de preseas magníficas, y la gente, agolpada, les abrió paso difícilmente. La señora de Roldán se extasió con el hilo de perlas: ¡qué iguales!, ¡qué gruesas!, ¡qué oriente tan nacarado y tan puro! Mientras expresaba su admiración hacia la joya, noté... – ¿quién explicaría por qué me fijaba ansiosamente en los movimientos de la mujer de Pablo? – , noté, digo, que se deslizaba hacia ella, como para compartir su admiración, Dámaso Vargas Padilla, mozo más conocido por calaveradas y despilfarros que por obras de caridad, y hube de ver que sobre el color avellana del guante de Suecia de la dama relucía un objetito blanco, inmediatamente trasladado a los dominios de un guante rojizo del Tirol... Y sentí el mismo estremecimiento que si de cosa propia se tratase, al cerciorarme de que Pablo Roldán, demudado y con el rostro color de muerto, había visto como yo, y sorprendido, como yo, el paso del billete de manos de su mujer a manos de Vargas.

Temí que se arrojase sobre los que así le escarnecían en público. No se arrojó; no dio la más leve muestra de cólera o pesadumbre, al contrario, siguió curioseando y alabando las galas bonitas, revolviendo y mezclando los objetos colocados más cerca, deteniéndose y obligando a su mujer a que se detuviese y reparase el mérito de cada uno. Tan despacio procedió a este examen, que la gente fue retirándose poco a poco, y ya no quedamos en el gabinete sino media docena de personas. Y cuando me disponía a cruzar la puerta, en una ojeada que lancé al descuido, volví a ver algo que me hizo el efecto de la espantable cabeza de Medusa, paralizándome de horror, dejándome sin voz, sin discurso, sin aliento... Pablo Roldán había deslizado rápidamente en el bolsillo de su chaleco el hilo de perlas, y salía tranquilo, alta la frente bromeando con su esposa, elogiando un cuadro en el cual logró concentrar toda la atención de los circunstantes.

Desde el día siguiente empezó a murmurarse sobre el tema del robo: primero, en voz baja; después, con escandalosa publicidad. Hubo periódicos que lo insinuaron: el "tole tole" fue horrible. Las muchas personas distinguidas que habían admirado las galas de la novia clamaban al Cielo y mostraban, naturalmente, deseo furioso de que se descubriese al ladrón. Se calumnió a varios inocentes, y el rencor buscó medios de herir, devolviendo la flecha. Todos respiraron, por fin, al saber que el juez – avisado por una delación anónima – acababa de registrar la casa de Pablo, encontrando el hilo de perlas en un armario del tocador de la señora de Roldán.

Sólo yo comprendía la tremenda venganza. Sólo yo logré penetrar el siniestro enigma, sin clave para la propia señora, que no anda lejos de expiar con años de presidio el delito que no cometió. Y un día que encontré a Pablo y le abrí mi alma y le confesé mis perplejidades, mis dudas respecto a si debía o no revelar la verdad, puesto que la conocía, Pablo me respondió, con lágrimas de rabia al borde de los lagrimales:

– No intervengas. ¡Paso a la justicia, paso!... Dejó de amarme, y no me creí con derecho ni a la queja; quiso a otro, y únicamente le rogué que no me entregase a la risa del mundo... ¡Ya sabes cómo atendió a mi ruego... ya lo sabes! Antes que consiguiese ridiculizarme, la infamé. ¡Los medios fueron malos, pero... se lo tenía advertido! Si tú eres de los que creen que la venganza pertenece a Dios, apártate de mí, porque no nos entendemos. Amor, odio, y venganza... ¿dónde habrá nada más humano?

Me desvié de Pablo Roldán y no quiero volver a verle. No sé juzgarle; tan pronto le compadezco como me inspira horror.

Más allá

ra un balneario elegante, pero no de esos en que la gente rica, antojadiza y maniática, cuida imaginarias dolencias, sino de los que reciben todos los años, desde principios de junio, retahílas de verdaderos enfermos pálidos y débiles, y donde, a la hora de la consulta, se ven a la puerta del consultorio gestos ansiosos, enrojecidos párpados y señoras de pelo gris, que dan el brazo y sostienen a señoritas demacradas, de trabajoso andar. Para decirlo pronto: aquellas aguas convenían a los tísicos.

Pared por medio estaban los dos. "Ella", la niña apasionada y romántica, la interesante enfermita que, indiferente a la muerte como aniquilamiento del ser físico, no la aceptaba como abdicación de la gracia y la belleza; que a su paso por los salones, cuando los cruzaba con porte airoso de ninfa joven, solía levantar un rumor halagüeño, un murmurio pérfido de mar que acaricia y devora; y defendiendo hasta el último instante su corona de encantos, que iba a marchitarse en el sepulcro, se rodeaba de flores y perfumes, sonreía dulcemente, envolvía su cuerpo enflaquecido en finos crespones de China y delicados encajes, y calzaba su pie menudo de blanco tafilete, con igual coquetería que si fuese a dirigir alegre y raudo cotillón. "El", el mozo galán, que había derrochado sus fuerzas vitales con prodigalidad regia, despreciando las advertencias de la tierna e inquieta madre y la indicación hereditaria de los dos tíos maternos, arrebatados en lo mejor de la edad, hasta que un día sintió a su vez el golpe sordo que le hería el pecho y le disolvía lentamente el pulmón, avivando, en vez de extinguirlo, el incendio que siempre había consumido su alma.

Pared por medio estaban los dos sin conocerse ni saber que existían, y, sin embargo, el mal que los llevaba a la tumba tenía idéntico origen; el mismo anhelo insaciable había atacado en ellos las fuentes de la vida. Ella y él, fascinados por el propio sueño, hicieron de la pasión el único ideal de la existencia y aspiraron a un amor grande, profundamente estético, ardiente y resuelto como si fuese criminal; noble y altivo como si fuese legítimo; puro a fuerza de intensidad, abrasador a fuerza de pureza. Y como quien busca ave fénix o talismán poderoso, habían buscado ambos la encantada isla de sus ensueños: ella, entre los sosos incidentes del diario *flirt*; él entre los episodios no menos vulgares de la calvatronería orgiástica; hasta que una serie de decepciones tristes, cómicas o indignas, les arruinó la salud, dejando intacto el tesoro de ilusiones y aspiraciones nunca satisfechas, la sed de amar inextinta, más bien exacerbada por la calentura y la alta tensión nerviosa, fruto del padecimiento.

¡Quién les dijera que allí, detrás del tabique en cuyo papel de caprichosos dibujos hallaban maquinal entretenimiento los aburridos ojos, se encontraba lo que habían buscado en balde tanto tiempo, lo que necesitaban para asirse otra vez a la existencia!

Porque ya ni él ni ella podían salir del cuarto, ni bajar las escaleras, ni comer en el comedor. Postrados y exánimes, les traían el agua mineral en un vaso puesto boca abajo sobre un platillo; últimamente, hasta no se atrevieron a beber, y el médico, presintiendo fatal desenlace, advirtió que convendría atender al alma, señal casi siempre funestísima para el pobre del cuerpo.

El y ella se prepararon a recibir a Jesucristo con todo el agasajo que tal visita merece. No hubo fuerzas humanas que les impidiesen vestirse y engalanarse como para un sarao. Ella se lavó con esencias fragantes y jabones exquisitos, hizo peinar esmeradamente la negra mata de pelo, se puso traje de blanco gro, y con sonriente coquetería prendió en la mantilla sus agujas de turquesa; él atusó la bien recortada barba, eligió la camisa más bruñida y tersa, el chaleco de mejor caída, y de frac y corbata blanca esperó a su Dios. Y él y ella, al sentir en los labios la sagrada partícula, gozaron un momento de emoción deliciosa; les pareció que la efusión esperada en vano, el supremo arrobamiento del éxtasis vendría después de despojada la vestidura carnal, cuando el alma, libre y dichosa, volase al seno de su Criador...

Así fue que tuvieron unas últimas horas edificantes, ejemplares, de un ardor místico sublime que hacía derramar lágrimas a los que rodeaban el lecho. Sus palabras de esperanza sonaban conmovedoras y misteriosas, dichas desde el borde de la huesa. Hablaban del Cielo, y diríase que al nombrarlo lo veían ya; de tal suerte se iluminaban sus ojos y resplandecía en sus rostros la beatitud y la fe que transfigura.

A la misma hora fallecieron, y sus espíritus se encontraron en el camino del otro mundo, antes de tomar rumbos distintos, pues él se encaminaba al Purgatorio en forma de llama rojiza, y ella al Cielo, convertida en ligero fueguecillo azul. Entonces se vieron por primera vez, y, sorprendidos, detuviéronse a contemplarse. Como a aquellas alturas todo se adivinaba, inmediatamente adivinaron de qué habían muerto y la semejanza de sus destinos durante la vida terrenal. Y así como comprendieron claramente que los dos habían muerto de plétora de pasión no satisfecha ni entendida, advirtieron también con asombro que él era el alma nacida para ella, y ella el corazón capaz de encerrar aquel amor infinito de que él se sentía minado y consumido, como el árbol que todo se derrite en gomas. Y lo mismo fue advertirlo que juntarse impetuosamente los dos espíritus, mezclándose la llama rojiza con el fueguecillo azul, tan estrechamente, que se hicieron una luz sola.

Y sucedió que, unidos ya, él no pudo entrar en el Purgatorio por la parte que llevaba de Cielo, y ella tampoco pudo ingresar en el Cielo por la parte que llevaba de Purgatorio. Él, generoso, le propuso que se apartasen, yéndose ella a disfrutar las dichas del Empíreo; mas ella prefirió seguir unida a él, aun a costa de la eterna bienandanza; y desde entonces la luz anda errante, y los dos espíritus no hallan otro nido para sus amores póstumos sino la extremidad del palo de algún buque, donde los marinos los confunden con el fuego de Santelmo.

La culpable

lisa fue una mujer desgraciadísima durante toda su vida conyugal, y murió joven aún, minada por las penas. Es verdad que había cometido una falta muy grave, tan grave que para ella no hay perdón: escaparse con su marido antes de que éste lo fuese y pasar en su compañía veinticuatro horas de tren... Después sucedió lo de costumbre: la recogió la autoridad, la depositaron en un convento, y a los quince días se casó, sin que sus padres asistiesen a la boda; actitud muy digna, en opinión de las personas sensatas.

Ellos no se habían opuesto de frente a las relaciones de Elisa con Adolfo; mas como quiera que no les agradaba pizca el aspirante, y creían conocerle y presentían su condición moral, suscitaron mil dificultades menudas y consiguieron dar largas al asunto y entretenerlos por espacio de cinco años. Consintieron, eso sí, que Adolfo entrase en casa, porque tenía poco de seductor y era hasta antipático, y esperaron que Elisa perdiese toda ilusión al verle de cerca. Sucedió lo contrario; en los interminables coloquios junto a la chimenea, en el diario tortoleo, el amante corazón de Elisa se dejó cautivar para siempre, y Adolfo aseguró la presa de la acaudalada muchacha. Después de meditadas y estratégicas maniobras por parte del novio, llegó el instante de la fuga, preliminar del casamiento.

La familia de Elisa tomó muy a pecho el escándalo, por lo mismo que eran gente conocida, bien relacionada, preciada y correcta, intransigente en cuestiones de moralidad exterior. Hubo en la casa uno de esos períodos de disgusto, cerrados, serios, hondos, en que hasta los criados andan mohínos; períodos que a las personas entradas en edad les cavan una cuarta de sepultura. Las dos hermanas de la fugitiva se avergonzaron y corrieron de suerte que en muchos meses no se atrevieron a salir a la calle. Una, en especial, se afectó tanto, que fue preciso sacarla de Madrid para que no se alterase su salud. La madre jamás pronunció el nombre de Elisa sin suspirar, como cuando se nombra a los que fallecieron. El padre extremó el procedimiento: cerróse a la banda y no nombró a Elisa ya nunca. Si le preguntaban cuántas hijas tenía, contestaba que dos. "La otra la perdí", añadía, crispando los labios.

Unida ya Elisa con el que había elegido se propuso ser intachable y perfecta en todo para rescatar la falta. No hubo esposa más tierna y solícita que Elisa, ni casa mejor gobernada que la suya, ni señora que con mayor abnegación prescindiese de sí propia y se eclipsase más modestamente en la sombra del hogar. Como al fin tenía pocos años y a veces la sangre hervía en sus venas con ímpetu juvenil, cuando veía a otras casadas adornarse, cubrirse de joyas, ir a bailes y fiestas y sonreír al espejo, y ella se quedaba recluida y en bata casera, decía para sí: "Bueno pero esas no se escaparon con su marido antes de la boda." Y aunque supiese que se escapaban después..., o cosa análoga..., con otros, siempre persistía en tenerlas por de mejor condición.

Hasta tal punto se consideró obligada a prestar fianza de su conducta, que nunca salió sola ni consintió recibir una visita estando ausente su marido. A los hombres, fuesen jóvenes o viejos, les hablaba fría y desabridamente, cortando en seguida la conversación. Su traje era oscuro, subido hasta las orejas, y su peinado, estudiadamente sencillo y sin coquetería. Aficionada a las esencias y aguas de tocador, las suprimió por completo desde que oyó decir que "la mujer de bien, ni ha de oler mal ni ha de oler bien". Ser tenida en concepto de mujer de bien fue su ambición y su sueño; pero desconfiaba de conseguirlo nunca por aquello de la escapatoria...

Pasada la corta luna de miel, Adolfo comenzó a distraerse, y so color de política, se acostumbró a retirarse tarde, a pasarse los días fuera, sin venir ni a comer. Elisa lloró en silencio: lloró mucho, porque le quería, le quería con toda su alma, y no podía vivir dichosa sino con él y por él, a quien todo lo había sacrificado.

Un día, registrando el ropero de su marido para limpiar o arreglar la ropa, encontró traspapelada en un chaqué de verano una carta inequívoca... El dolor fue tan agudo, que Elisa se metió en la cama y estuvo varios días sin querer comer y con gran deseo de morirse. Así que cobró algún ánimo, se levantó y siguió viviendo. No profirió una queja:

¿con qué derecho? ¡Le podían tapar la boca a las primeras palabras! ¡Y si salía a relucir lo de la fuga!

Vinieron hijos, un niño y una niña; pero Elisa, que sufrió todo el peso de la crianza, no intervino en la educación, ni ejerció jamás esa autoridad de la madre digna y altiva que lleva la maternidad como una corona. Sus hijos se habituaron a que "no mandaba mamá".

En cuanto a la hacienda, ya se infiere que la regía única y exclusivamente Adolfo, y Elisa no se hubiese arrojado a gastar cincuenta pesetas en nada extraordinario sin la venia necesaria. Muerto el padre de Elisa recogida la legítima, todavía pingüe, aunque mermada por el enojo paternal, Adolfo se hizo cargo de todo y dedicó la mayor parte a sus goces, no sin que muchas veces oyese Elisa reconvenciones duras y alusiones amargas, fundadas en que su padre la había desheredado o punto menos.

La salud de Elisa se resintió: los médicos hablaron de lesiones al corazón, que degeneraban en hidropesía. Como la enferma se agravase, pidió confesor, y por centésima vez se acusó de su delito: la escapatoria fatal. El confesor le mandó que se acusase de pecados de la vida presente, porque Dios no acostumbra recontar los ya perdonados y absueltos. Mas la absolución del Cielo no bastaba a Elisa: ya se sabe que Dios es muy bueno; pero, en cambio, los hombres jamás olvidan ciertas cosas, y la mancha de vergüenza allí está, sobre la frente, hasta la última hora del vivir.

Con los ojos vidriados de lágrimas, Elisa pidió que viniese Adolfo, y así que le vio a su cabecera, echándole los brazos al cuello murmuró a su oído: "Alma mía, mi bien:

ya sé que no tengo derecho ninguno a pedirte que... que no te vuelvas a casar..., ¡pero al menos... mira, en esta hora solemne..., perdóname de veras aquello... y no me olvides así..., tan pronto... tan pronto.

Adolfo no contestó; no obstante, le pareció natural inclinarse y besarla... Y la culpable, dejando caer la cabeza sobre la almohada, expiró contenta.

Printed in Great Britain
by Amazon.co.uk, Ltd.,
Marston Gate.